GAEA

GAEA

中藥舖的女兒

Pieces of Memory

湯素貞 著

中藥鋪的女兒

目錄

第一部
國小，阿縝

第二部
農村趣事

第三部

家人，診所小妹的歲月

第四部

情竇初開，再長大了些

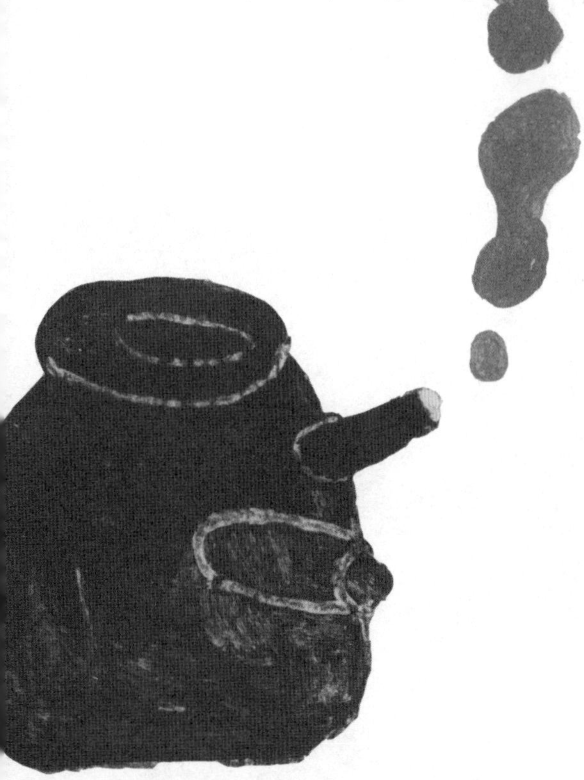

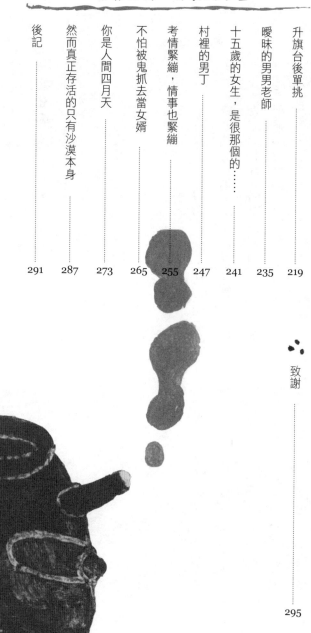

溫暖推薦

推薦這麼好看的書，等於讓自己分享了作者的光彩。

——作家 吳敏顯

小時候很喜歡逛中藥鋪，那裡頭的味道，有一種在地的安心感，像是冬天一定會進補的味道，吸兩口都會覺得健康。很奇怪，印象中中藥鋪也都有個老醫生，像是武俠小說裡的溫暖推薦絕世高手，大大的酒糟鼻，福氣滿抱的大耳垂，伸手把脈，像是把自己心事都看穿，這是我心中的中藥鋪印記。小時候氣管不好，都會固定去中西醫那裡拿藥，員林火車站有一家中藥行叫劉順規中藥行，每個月我一定去報到，那位劉醫生就是我形容的這樣得道高人，我始終相信，我是受了傷的練武奇才，每個月的問診，是我通往武俠世界的隘口。

讀《中藥舖的女兒》也有著吃中藥的柔順感，熟悉的人事物，在情懷描述中，活靈活現起來，主角阿縝的眼光，既真實又殘酷，既溫柔又饒富趣味，幼時的回憶被像打通任督二脈一樣喚醒，逐漸走入時光之旅。這樣的大家族，在蕭麗紅老師的《千江有水千江月》之後，很少再見如此細細描述成長印記的在地文學，像家的味道，似乎也在逐漸凋零。我特別喜歡關於哥哥阿雄的片段，成長中的未央歌，曖昧存在一種時間的痛楚與不確定感，那就是長大必經的過程啊……

——導演　瞿友寧

作者自序

湯素貞

童年記憶拼圖裡的小鎮街道，應當都少不了一家中藥舖子，和雜貨店、理髮店、修理腳踏車店、包子饅頭店、照相館等組成回憶一條街，李安說「每個人的心中都有座斷背山」，我也落俗套地說句「每個人的記憶裡都有間中藥舖」，不說一般治病，起碼青春期轉骨、冬令進補都進過中藥舖抓過補藥，或是年節送禮買個人參、冬蟲夏草餽贈親友延年益壽也是有的。

阿縝幼時的年代醫療尚在求神問卜和密醫、中醫交雜的時代，一般百姓病況較嚴重時才會往西醫大醫院送，中醫「有病治病、無病補身」的溫柔特質，撫慰著當時人們的身心靈，但其實要說起中醫的淵源和稗官野史，也是能讓人肅然起敬的，追溯神農嚐百草到華陀爲關羽刮骨療毒，乃至韓劇《名不虛傳》裡針灸對決手術刀的橋段，都讓人對這博大精深的神祕絕學充滿好奇心。

《中藥舖的女兒》寫的是中醫、親情、愛情，記憶裡不朽的停格，漾著光暈的影像，也是我們東方醫學的底蘊。透著香氣的藥材，五花八門的器具，還有噓寒問暖的街坊談笑，你會想念那樣的中藥舖子，暖暖的。但一條街上的十八般武藝店家，每家都有自己的故事。早期鄉村的確實踐過夜不閉戶的「禮運大同」時光，村頭家戶養的牛打噴嚏，村尾的鵝也能感應到，「沒有祕密」是當時的小社會型態，但出了這家村，別家村誰是誰就沒人知道了。阿縝一家老中青三代就滾著其他家戶老中青一起跟著推進，農業時代是粗獷、貧窮、質樸而單純的。第一條河川被工廠排放的廢水污染後，敲醒了質變的警鐘，外國財團入侵，工業帶來了財富和明智開化，政治局勢的轉變，唐尼瑪莉奧斯蒙兄妹的歌從黑膠唱盤收音機裡奔唱出來；張艾嘉唱的的《童年》、包美聖唱的《看我！聽我！》、《捉泥鰍》，從錄音機卡帶裡流洩出來，就已經告知新的未知的時代來臨，時光像滾輪一樣地滾不停，未來一直來，留下的是什麼？

稻田依舊在，只是近黃昏，以前的鄉村古厝一一消失，是否在腦海深處，一直懷念著那句溫暖的問候：「呷飽未！」（台語『吃飽沒』）、「賑來尞！」（客語『歡迎再來』）。

第一部
國小，阿縝

在那個亮晃晃午後您無預警落幕

一九七六年。

小學生阿縝大清早走在上學路上，身旁的油麻菜子田是籠罩在霧裡的，像幅移動充滿水氣的水彩畫，一呼氣，就能玩大人抽菸呼白煙的把戲。霧氣多半是從山上下來，太陽一出來，就化成花瓣、葉子上的水氣，走路上學的路約莫三公里，快到學校時，褲管也被油麻菜的水氣沾濕了。

住在山腳下，一個小村鎮裡面的小聚落，鄰居有兩戶養牛，都姓郭，但兩家井水不犯河水，沒有看他們在路上交談過，附近鄰居閒聊時要指出這個聚落的詳細地點，都會說「飼牛的」。

「牛跑出來了！」

有幾次，睡夢中驚醒的阿縝看著一個牛頭從窗邊晃悠過，養牛戶的大哥大姊大嬸大叔跟在牛後面嚷嚷。

「快點……快點！」

「哞～～嗚～」

對膽小的阿縝來說，跟牛比鄰而居最大的恐懼就是這個，那跟西班牙鬥牛士搧動紅布衝過來的牛是異曲同工的。

阿縝家是這個聚落唯一的客家人，祖父是讀書人，從新竹到苗栗，最後落腳在這裡。現在想想，祖父一定是被林家花園的林獻堂吸引過來的，從阿縝媽收集祖父遺物有一大箱是毛筆寫的書可略推一二。阿縝的玩伴發音不準，把她的客語名阿縝叫成阿準，所以要辨別來者是客或不是，從他們喚的口音就行。阿縝的親姊叫阿娥，這個字的客語發音難度更高，國語拼音無法標示，最接近的發音是客語羅馬拼音的「ngo」，阿縝的二哥叫阿宏，閩南鄰居叫他阿騙，有點虧到，較接近的發音是「ㄈㄧㄟˋ」。

阿縝的父親在鎮上開了間中藥鋪，是繼承祖父家業，祖父識字自學或拜師，也看了不少病人；當時赤腳仙看病的不少，偶有聽說某個西藥房的醫死人，鎮上就一個阿輝仙是科班西醫有牌照的醫師，佛心來著來到這個小鎮落腳開診，但因爲民風較不開放或者經濟關係，已經比較嚴重的病症才會去找阿輝仙。阿縝去看阿輝仙是父親過世後的事……

那天中午，母親照常提著剛做好熱呼呼的便當到藥舖要給阿縝的父親吃，阿縝在外玩樂半天累了回到藥舖，母親神情慌亂。

「妳爸從樓梯上摔下來，我費了好大力氣揹他上樓……」

阿縝不懂母親說了什麼，就又跑出去鄰居阿妙姊那裡找拖鞋，才六歲，昨晚睡在那兒，早上起床就光著腳丫跑出去玩了，鄉下小孩是很少穿拖鞋的，踩到雞屎地上「滒一滒」（抹拭）就好，等到要鞋子了，總想半天落在哪兒。

「我爸死了！我媽說他爆腦筋。」

「那妳趕快回去！」

阿妙姊是阿縝親姊阿娥同齡的閨密，愛屋及烏疼阿縝，常常邀她一起睡，阿縝穿了拖鞋就跑回家，路上看到一群人吆喝。

「小心點！」

「夠力嗎？要不要換手？」

像早期默劇，黑白色調，或者像費里尼、安東尼奧尼電影裡的影像，阿縝胖碩身形的父親伏在阿財叔背上，頭上一隻黑傘跟著移動，是父親要回家裡大廳準備入殮。

「爸……爸……」

才六歲的阿縝很多事都還懵懵懂懂，才到台北工作沒幾天的二哥阿騙哭著回來。

「前幾天還好好的，怎就走了呢！」

晚上一家人守夜，阿縝的媽突然號啕大哭，撕心裂肺，因爲家裡擔子還很重，四十六歲就守寡眞的還是太早。阿縝在國中時讀到《禮記》的「里有殯、不巷歌」、「寡婦不夜哭」時是嗤之以鼻的，認爲孔子管太寬了。父親出殯那天，阿縝不知爲何也大哭，送最後一程的鄰居看了都鼻酸。

「哎喲！這麼小也知道要哭啊！」

至親死亡是阿縝比其他同年齡的小孩早遇到的事。

父親走得突然，中藥鋪子該怎麼辦？

阿騙決定留下來承接藥舖，處女座的他一向有打算，有責任感，因爲家裡有個寡母和幾位需要撫養照顧的弟妹，當時開始有中醫師特考的機制，阿騙就全心投入準備。

阿縝是母親高齡生下的，從小體弱多病，常常玩伴在外面嘶吼玩樂，她就病懨懨地躺在床上跟感冒病毒對抗。父親還在的時候，都是他抓藥煎服，中藥藥效比較慢，要受罪個幾天才會好。父親走後……

「阿縝發燒了！」

「我沒有！」

阿縝的親姊阿娥摸了她額頭。

「明明就有，要去看阿輝仙。」

阿縝臉上出現愁容，她不要打針，因爲阿輝仙很愛給人打針，雖然是阿輝仙的護士打的針，西醫＝打針，是公認的。

「我不要去！」阿縝趕緊跑到水龍頭前用水潑額頭，試圖降溫。

阿縝還是被阿娥強行架上腳踏車，往阿輝仙診所去，她一路上一直用手掌探著額頭，希望到醫院前已降溫。

刺鼻的藥水味讓人一陣緊張，阿輝仙的聽診器在身上的接觸感陣陣冰涼，即使一路上到最後不斷地祈禱……

「阿輝仙根本就是不管怎樣都要打針，沒錯，他就是個打針狂，雖然他滿和藹可親，但無法掩飾他是個打針狂的事實，護士根本就早已把針頭準備好，不管來者是誰，溫度計顯示幾度，都一定要捱針才能走出這家診所。」

阿縝忘了她有沒有哭，好像沒有。

阿輝仙與阿松仙

村裡有一條大馬路，路的兩邊有雜貨店、兩家賣菜店對面互拚生意，腳踏車店、美髮店也兩家，後來進駐一家書店，小孩喜歡去那裡看漫畫；雜貨店老闆很厲害，沒事都能變出新奇的玩意兒吸引小孩。阿輝仙的診所在阿縝爸的斜對面一百公尺處，兩位中西醫師並沒有不合，有一次阿輝仙散步經過阿縝爸的診所，聽到他在唱日本歌，驚爲天人，倚在窗外聽完再走。「阿松的日本歌唱得眞是好！」阿輝仙誇得鄰里每個人都知道了。

麻煩的是馬路的兩端共有四家西藥房，阿縝爸跟阿縝公的時代不時興考中醫執照，父子倆在鄉里間行醫倒也創造不少傳奇，只有醫活人沒聽說醫死人，尤其阿縝公創下的事蹟是值得當傳家寶傳下去的。

「有個婦人肚子好大，聽說到哪都醫不好，有人報來給你阿公醫，阿公還騰出一個地方給她住下，每天煎藥給她服，啵一聲！經血通了，一直出一直出，出到肚子消下去，就好了！」阿縝媽閒聊時說的。

胡家這間中藥舖子，貫徹的是懸壺濟世，爽了外人、苦了家裡人，那些藥錢誰承擔？當然是阿縝一家子的飯錢啊！

「其實阿公的藥千奇百怪，蟑螂屎也能吃了治病，這就……」阿縝媽疑惑的表情。

阿縝公留下很多手稿，有自己手抄《金匱要略》、《本草綱目》等書，是用毛筆字字句句地寫在對摺兩層翻頁的薄宣紙上，也有不少藥方，還有一些家書，包括阿縝爸跟叔叔被日本軍徵招下南洋之後，字字如金報平安的書信，他傳給阿縝爸；阿騸接收後，做了一些整理，留下需要的，不需要的阿縝媽保管。阿縝家客廳神明桌旁邊的牆壁上，有一排過世親人的頭像，其中有一幅是阿縝的叔叔，他的軍船被敵人的炮彈擊中，沉在日本小琉球的外海。

「源洪，名字二個字都有水，不沉在水裡也難。」當初幫叔叔的衣冠塚作法事的阿和伯感嘆。

密醫醫死人

鄉下有一陣子會有賣西藥的人來兜售，阿縝媽有個藥包放在衣櫥裡，裡面有綠油精、面速力達母之類的溫和急救創傷藥，那人每隔一段時間會來走走晃晃，阿縝媽遠遠地看到那人在阿妙家洽商時，就會趕緊把藥包先確認一番，看要補什麼再追加。

「那個紅肉李死掉了妳知道嗎？」賣藥的人小聲說。

「嗯！」縝媽凝重的聲音從咽喉擠出。

「聽說是順生醫死的，那個赤腳仙。」賣藥的人繼續說。

紅肉李是阿娥閨密阿琴的媽，也是阿縝媽的人妻閨密，都是從外地嫁過來，農忙一起幹活或到附近打零工賺家用時熟的。阿縝媽有幾個閨密都是這樣談成的，另一個是阿妙的媽阿蜜，這兩個都短命，大概名字都取得太酸酸甜甜了。阿妙媽生性樂觀，丈夫是招贅來的，遇到天大的事也能笑嘻嘻，這樣的人竟然早早在阿妙還小的時候就畢業了，死法就是突然暴斃。

紅肉李是難產死的，那個年代大概有三分之一的女人會死於難產，阿縝的外婆和小舅媽都是這個死因，有的是孩子生下來後大量出血或破傷風等其他原因，有的是連孩子一起帶走，紅肉李生的小兒子阿風是留下來了。阿縝媽曾經說起阿縝小舅媽死的時候，魂魄還遲遲不肯離開，因爲這樣留下嬰兒而走的母親會非常捨不得離開，有陰陽眼的外曾祖母可以看得到她徘徊的身影。時日久了，大概期限到了，就不見了，也可能是家裡請人來做了法事，讓小舅媽離開。

「這些沒有牌的赤腳仙眞的會害死人，以後還是少去給他看吧！」賣藥的人話眞的不少，阿縝媽沒有答腔。

順生是順生西藥房的老闆，以前開藥房或藥舖，多多少少兼看病，醫療貧乏就將就將就，命如草芥。

縝爸的中藥舖

阿縝的爸還在時，阿縝的媽爲了管住風流的丈夫，常把阿縝丟到藥舖當眼線，阿縝哪會當眼線，傻乎乎的就只知道玩，但起碼阿縝爸不能想跑就跑。藥舖子有個大藥櫃，像蜂窩巢一樣很多小抽屜，每個抽屜打開會有左右各三格活動式木盒子，裡面放著不同種類的藥草；抽屜外側有阿縝爸細心用毛筆寫的藥名，是從祖父流傳下來的藥櫃子，有些還是祖父的筆跡，除非已經脫落了，阿縝爸才會重寫再貼上去。

這個藥櫃子是阿縝的玩具之一，每天拉開關起幾回，藥的名字跟方位都背起來了。有的是藥草樹根莖曬乾如甘草（側柏葉）、川芎、桂枝、茴香之類的，有的是蟲類曬乾，像蟬殼之類，還有礦石類看起來像銀塊銅塊的，這些多半是苦味的藥材，聞起來就有種人生皆苦的逃避感。比較須要除濕防霉或較珍貴的藥材，分別用密封良好且厚實的玻璃罐裝；人參、粉光之類的則放在櫃子的頂層，讓來客一目了然。較常用到的當歸、枸杞、紅棗、黑棗就另外放在伸手可得的鐵櫃裡。

枸杞、紅棗和黑棗是阿縝小時候的糖果，哭鬧時，阿縝爸會塞幾個給她。舖子的門口有個全透明玻璃櫃，裡面展示著吸引來客的盤蛇乾、蜥蜴乾，大人看了知道是泡藥酒壯陽用的，小孩則愛看又怕，說身體剖開來壓平曬乾的蜥蜴乾是「飛天烏龜」，這些在等看診時怕小孩無聊，就派上用場了。

藥房的器具更是吸引人，比現在的健身房還酷，阿縝爸會徒手片當歸，把一棵棵長得歪七扭八的當歸根片得比生魚片還薄，所以阿縝爸的家傳藥桌上有個軟墊砧板，還有像名廚一樣全套的刀，不定期就要拿到門外石頭上磨一磨。軟墊砧板旁那一道具可來頭不小，就是小鐵杵，中藥舖要是沒這一樣就不該叫中藥舖，所有硬的藥材須要搗碎都靠它。阿縝爸搗起藥來聲音厚重有力，力道傳到傳家的實木桌上，有種定神的魔力，搗完藥一定有個ＳＯＰ，像和尚敲鐘一樣，把杵子撞擊杵臼幾聲，發出清脆的匡啷啷聲。

甘草這種藥材用的刀是像包公用的虎頭鍘，阿縝爸可以像機器一樣快速地一手扶著甘草枝，一手上下搖動大刀，大刀切過甘草枝時順勢換手停在另一隻手掌心，片下一片片的乾草片，神乎其技，這也是常常吸引顧客小孩觀看的特技之一。還有一個磨藥粉的大滾輪，也是厲害的神器，這是用兩隻腳掌放在鐵片做的滾輪槓桿兩端，下方是一個船型的盛器，藥材放到盛器裡，滾動滾輪把藥材磨成粉，阿縝家傳的腸胃藥粉就是這樣滾出來的，治腸胃病極其有效。還有一些磨少量藥粉用的小配角，就是把已經磨成的不同種類藥粉放在像碗公一樣的容器裡，用陶杵磨均勻。

中藥的分量拿捏可細膩了，以錢以兩來算，幾味藥構成一個方子，用陶壺兩碗水煎成八分藥；小刻度的秤子是必備量器，用量大又價錢較便宜的枸杞、紅棗、黑棗、側柏葉這些泡茶用的，會用一般菜市場用的秤。有時候客人會自己拿藥方來抓藥，有時候是阿縝爸開的藥方，阿縝阿公留下來的藥帖也不少。縝爸用的算盤是上二子、下五子的大算盤，和金庸武俠小說《碧血劍》的銅筆鐵算盤黃眞、古龍《楚留香》的姬冰雁拿的武器造型相似，縝爸算帳時，推算盤子的聲音喀拉喀拉響，頗有大內高手的架式。

冬天來了，全家擠在藥舖搓藥丸，這味藥並不苦，有摻了熟地的香味，是店裡大宗銷量的藥，製藥前幾天，阿緽爸會曬好幾籮筐的熟地。阿緽的爸媽和兄姊們可以一隻手搓好幾顆，阿緽就兩顆。這搓阿搓，就等高潮的宵夜登場，眼皮再重都會使勁撐住。

「麵來了！」阿娥語氣很興奮。

阿娥鐵定是脖子拉長長地盼著麵店送麵來的方位，才拔得頭籌報出第一聲喜訊，阿緽光跟睡神拔河都來不及了。小孩只要過了晚上十點，就呈現待機狀態，一聽到麵來了，會自動開機。

家附近的「萬里香餐飲店」的伙計用以前木製加鐵片的保溫櫃送來，鐵片打開的剎那，什錦麵香味撲鼻而來，口水從阿緽的舌頭急速分泌。

「以前的麵眞是無與倫比的美麗，就像我大學外省同學筱筠說的『軒啊！』，今生吃過最好吃的麵就是那一碗，其次是藥舖隔壁外省老芋仔的麵攤煮出來的麵。」阿緽長大回想起，口水也溢到嘴邊。

「以前的冬天是不是比較冷？」阿緽一直有這個疑問，那時候常常清早起床，草地上覆蓋一層霜，夜晚尿急到茅坑上廁所的路上，就著月光也有一股〈楓橋夜泊〉裡的寒意。

阿騙是家中的老二，是最認命好使喚的，阿縝爸還在時，他就在藥舖幫忙不少工作，而且也聰明，許多活都承接了下來；縝爸走後，縝媽希望他可以接父親的藥舖，一些家傳的藥方，到他手上也還留得住。考上中醫特考之前，就只能做些江湖郎中可以做的藥，看病倒還不行。

阿騙辭了台北的工作，開始在中藥舖過日子。他先清點樓上的藥材，中藥材多半是苦味，整間的空氣就是苦哈哈，加上父親剛走，想起來就會想哭。雖然阿騙是當過三年外島憲兵的鐵錚錚漢子，還是常常唸書唸到半夜掩著面偷哭，有一次被阿縝的媽撞見，母子倆心照不宣地在心裡對哭了起來。看著以前阿爸用過的中藥器具，總免不了睹物思人，在清點帳冊的時候，更是揪心。

阿縝有記憶是父親會在除夕吃年夜飯前關帳，一本厚厚的帳冊，上面記載了洋洋灑灑的欠款，有些人會趕在關帳前來銷帳，也有拿著自家產的、吃的、用的來抵帳，再則就是眞的窮到付不出錢無力銷帳的呆帳。呆帳總是居多，關帳後一筆勾銷，來年重新記帳，因爲總不好在年關前跟人要病錢吧！父親一向對外人很照顧，慈善布施比對家小慷慨，大概就是學醫立志的心態，所以入不敷出的藥舖就讓阿騙扛下債務了。

阿縝爸還在的時候，六股那邊有一位智能重度不足的六股大，幾乎每天都會晃到藥舖跟阿縝爸討菸抽，阿縝曾被驚嚇到，一直無法克服恐懼，獨自幫阿騙看診所的時候，六股大還是來，因爲阿騙也會給菸抽。

「六股大，大卵葩！」阿峰這些壞小孩會跟著六股大的屁股後面叫囂，六股大被煩極了，會回頭給個天眞而詭異的笑，這更搔動那些壞小孩的癢處，拿著石子丟他，六股大嚇得四處亂跑。

「ㄟ！囝仔！不可以這樣喔！我叫警察抓你們。」柑仔店的阿仁伯看不下去，出來喝止。小孩們一哄而散。阿縝長大後，知道六股大是智能不足的喜憨兒，對小時候的害怕感到愧疚。

活該，妳沒有爸爸

阿縝出生時，大哥阿明在馬祖當第三年的兵，二哥阿騙高中剛畢業，準備去金門當兵。因爲阿縝是不小心懷上的，保守的阿縝媽覺得很羞愧，已經快當阿嬤了還生孩子，這怎麼得了，但發現時已經是四個多月了，想打掉也來不及。

「妳身子骨一向不好，聽說好好坐月子，可以把身體補回來！」阿德姨來看阿縝媽時勸她。

「那妳也生一個，去年生了阿華，看把妳操成什麼樣！」阿縝媽回。

阿德姨生了阿華之後，患了肺病，後來纏著她幾十年，夏天都要穿大棉襖才能出得了門，非常折騰。

阿縝出生後，阿縝爸倒是很高興，抱著四處炫耀，以表自己寶刀未老，也證明藥舖壯陽補藥一級棒，他寫了一封信到馬祖給阿明。

「阿明！」發信的兵喊了阿明的名字。

「有！」阿明一個箭步上前搶下信。

還沒等阿明把信打開，一籮筐一籮筐的紅蛋往場中央送。

阿明打開信快速讀了之後，竟然把信揉了丟在地上。

排長：「各位弟兄！這是爲了慶祝阿明的妹妹出生，廚房特地加菜煮的紅蛋。」

全營弟兄鼓譟。

阿明默默地再把信撿起重讀一遍，果然不是眼花。

阿縝在縝媽肚裡待十個月的最大功勞，就是治好縝媽的胃下垂，胎兒越長越大把胃往上頂回原來的位置後，生出來卻是難養；阿蘭、阿味她們就沒見在床上躺過，感冒大院子跑兩圈、出出汗就沒事，阿縝證實「路邊的雜草也有林黛玉品種」！

縝媽聽了臭汗嬸的建議，「這小孩體弱多病難養就得給人當義女」，思慮良久後，縝媽的堂妹阿銀姨出線，這阿姨嫁到好人家，市區一整條街都是夫家的。

阿銀姨的丈夫低調樸實，常用野狼125載著阿銀姨到縝爸的藥舖拿補藥，除了經濟無虞外，夫妻感情融洽，阿縝給他們當乾女兒後，果然少了感冒臥床的機率，玄之又玄。縝媽小時候醫學不發達，流傳很多民俗治病方，黏米卦、問神擋沖煞之事常有；阿娥有一次被一個臥病婦人驚嚇到，連幾天晚上無法入睡，一闔眼便有東西掐脖子，找師父收驚之後便好了。

阿縝爸是個對外人比對自家人好的人，常常賺到的錢都是辦桌請客，妻兒女則苦哈哈度日，阿縝媽是典型的客家婦女，人家嫁人是看能不能享福，阿縝媽是看有沒有田可以耕種。媒已說好，阿縝爸硬是租了三塊田，才把阿縝媽娶過門。阿縝爸年輕時當選過鄉民代表，跑酒家談生意風花雪月，阿縝媽每天張眼就是幹活，從早到晚家裡、田裡、工廠有的沒的都做。

「人家大舅媽跟您一樣是醫生娘，打扮美美的跟著大舅做生意就好，您就自己傻傻幹活，讓爸爸去享福快活!?」阿騙是最敢說話也最有自覺的兒子。

阿縝媽聽了這些話，心裡冤：「我可是眞的試著到藥舖裡守著，你知道他怎麼嗎？他千方百計打發我走，我前腳一邁，他後腳就開門溜了！是有多漂亮的女人嗎也不是，連賣金紙的阿婆他也要！」

因爲夫妻感情一直不對盤，家裡過日子也不容易，阿縝媽一度想把阿縝過繼給阿縝在台北的姑姑，那姑姑生了兩個兒子，很想要個女兒，來商量了幾次，金戒指也打了，上面還刻了「百歲」二字。

「不可以這麼沒良心，您不是不知道姑姑是做什麼的，萬一被押下海一起做舞女怎麼辦？」

阿縝有兩位姑姑，台北這位是小姑姑，年輕時都是恰北北出名，因爲聚落裡只有一戶是客家人，所以常常跟閩南女人起衝突，一言不合就撕咬抓髮，聽說衣服被抓破露奶是常有的事。當舞女也是可憐的選擇，沒識幾個字也沒家世，卻有遠大的夢想，想到大城市台北找機會、想到夢寐以求的大日本看看，當時很多人家的女兒都會走上這條路。阿縝的小姑姑身材非常好，腰身大約二十二吋，阿縝唸大學後，姑姑寄了一箱衣服給她，裡面就有一件非常漂亮的旗袍，雖然阿縝也瘦，但腰還是穿不進去。

「不管阿縝被過繼到哪裡，我都會把她帶回來！」阿娥跟阿騙是同一國的。

阿娥大阿縝十六歲，正值花樣年華，身材曼妙，臉蛋漂亮，身後跟著一大群豬哥男；父親還在時，曾經踹倒阿娥的腳踏車，因爲阿娥收到情書沒有交出來。阿縝小時候幾乎都是阿娥在帶，因爲母親忙於工廠和田裡農事、家事之間。

「咦～這麼年輕就當媽了嗎？」

民國六〇年代，鄉下就一戶人家有電視，阿娥當然也帶著阿縝去那戶人家看電視，大廳擠滿人像電影院，人家以爲阿縝是阿娥的女兒。

阿娥平常帶著阿縝，早就產生濃厚感情，會常逗阿縝說：「妳是撿來的，後面的香蕉園撿的。」阿縝媽帶著阿縝一起農忙完畢時，則會指向一個村莊說：「妳親媽住那裡，要不要回去找她？」這常常把阿縝弄得很緊張，夜裡掩著棉被偷哭都有。

阿縝上面的哥哥阿雄，綽號洛克，源自台語「洛克馬」，大阿縝十二歲，是家中比較沒有聲音的孩子。阿娥幫忙阿縝媽勞動的時候，阿雄也會幫忙帶一下阿縝，有時候咬著甘蔗就抱著阿縝到藥舖找阿縝爸要零錢。阿縝爸對自己的小孩一向摳門，想在中午去換他回家吃飯時偷個幾元幾角來都難，他每天離開藥舖前必定把錢櫃裡裝著錢的紙盒子清空，一個子兒都不剩，因爲阿騙身先士卒偷過一元，馬上被揪了出來、打得半死，之後阿縝爸就養成清空錢盒的習慣。

「活該！妳沒爸爸。」

阿縝的玩伴兼小學同學阿味，有次玩到見笑轉生氣（惱羞成怒）時吐出這句話，她堂妹阿蘭傻眼了。所有因爲遊戲爭吵互罵的話語就停在這裡，阿味使出殺手鐧，戳中阿縝的心窩。三人是村落裡同年生的女孩，阿縝的媽奶水最多，她又食量不大，每次只吸一邊奶就飽了，便宜了阿味把另一邊吸了，嬰兒阿味哪知道感恩圖報，吵架時就要贏，就要不擇手段、口不擇言，阿縝傷心地跑到田中央哭，因爲那裡沒人看到她哭，心想沒了爸爸怎會是活該呢？

中午沒睡飽被挖起來工作一定要發脾氣

阿縝爸走後，本來被縝媽安排當眼線的阿縝就得回阿縝媽身邊生活了，也開始分擔多如牛毛的家事。

縝媽是個超級勤快的客家婦女，清晨五點就起床做一輪家事，然後把睡夢中的阿縝叫醒，主要是去菜圃澆水，下午睡午覺睡得正香甜，還要被挖起來去澆一次水；夏天太陽火辣，的確早上的水很快就蒸發，要吃到香甜好吃的空心菜，就得要早晚澆一次水才夠，人生最痛苦之事，莫過於此。

這天午後，沒睡飽，河溝裡的水稀稀疏疏，「這要舀多久才一桶啊！」阿縝怒上加怒，她用接了竹竿的勺子舀了一勺水，發洩怒氣地往天上潑去。「糟糕！」阿蘭家的田正在培育第二期稻苗圃，嫩得跟什麼似的，阿縝的水不偏不倚地落在苗上，碰出一個大窟窿。她趕緊隨便澆澆菜，趁四下無人跑走，拖鞋都來不及穿。

「ㄟ！是誰啊，眞壞心，把我們家的稻仔栽弄成這樣！」阿蘭的爸爸阿海故意講很大聲，他知道是阿縝弄的，就是寬容大度，沒有多追究。阿海跟他哥哥兄弟倆是村里間有名的孝子，母親阿炎嬸晚年患了腦瘤，無法辨人，瘋瘋癲癲，大便大不出來，他們徒手幫忙挖。

阿縝的拖鞋遺落在田埂，隔日去找已經不翼而飛，那田埂在臭汗嬸的四合院旁。

「是山腳的阿虧啦！我看到他揹著鋤頭經過時穿走了」臭汗嬸是目擊證人。

「這叫順手牽羊嗎？應該也不是，算是他撿到的吧！」阿縝趕緊去他家找，一進他家院子就看到鞋子，百口莫辯想不還也不行。阿虧是歐吉桑，虧他粗大腳還能穿小孩的鞋回家，多半是塞進前半腳趾，擼著回家，想給家裡的小孩穿。

差不多情形也發生在診所隔幾戶遠的書店，阿縝常常幫阿騙看完診所或診所沒客人的空檔，就會溜到這裡看漫畫，坐在那裡看一本三元，幾乎每一本少女漫畫都被她看過。那幾天下雨，阿縝把家裡一把造型很特別的小傘遺忘在那裡，應該是看完漫畫天就放晴所致，那把傘是阿明帶回來的，剛好夠容一個小學生身形的迷你傘，阿縝回去找。

「沒有啊！沒有喔！」書店老闆娘否認。

有天又下雨，阿縝從學校放學的傘陣中發現那把小傘，撐的人是書店的兒子，阿縝回家跟縝媽商量該如何把傘要回來，她自己想了一個辦法，這件事特別困擾她，因爲書店老闆娘「說謊」。於是再下一個下雨天，她尾隨書店兒子進書店，「這是我的傘！因爲特別小，所以很好認！」

書店兒子慌了，趕緊進去喊他媽。

「這是我的傘！因爲特別小，所以很好認！」阿縝再說一次。

老闆娘不置可否，阿縝終於取回了傘，但包覆傘把的塑膠套被剪破好幾個洞，原來老闆娘想塑造這跟阿縝那把不一樣的假象。

偷內衣的妖鬼武

阿縝回到媽媽身邊，也開始跟阿娥的閨密們混熟了，鄉下差不多年紀的女孩，時興「過家」（串門子），有時候還會相約過夜，阿娥比較好客，常常一張床擠了阿妙、阿鸞、阿琴、阿娟，嘰嘰喳喳聊的多半也就是沒什麼的雞毛蒜皮事，阿縝也搞不清楚、聽不懂，只知道很溫暖。

「小孩子的手就是這麼嫩，肉肉的好好摸！」姊妹淘中年紀最小的阿娟有次舉著阿縝的手揉捏。

記得夏天很熱的時候，阿娥突發奇想，把家裡的大竹床搬到院子裡，姊妹淘們和附近的小孩們聞訊都來了，有空位就補上去，仰頭看是滿天星斗，非常浪漫，大伙沉沉睡去，夜涼如水，說也奇怪那時蚊子沒見半隻。下半夜時，「喀嚓！」一聲，伴隨驚呼聲，也不知道是哪位苦主睡的方位的床腳斷了，一票人跟著歪斜的床滾下地。那竹床後來應該是進了阿縝家燒熱水的灶了。

阿娥的身材玲瓏有緻，長得也漂亮，有點像鍾楚紅，笑起來蘋果肌下方點綴著兩個小梨渦，村落裡生猛的男性賀爾蒙也在滋長，自然有管控不住的。

「阿娥！有個男的站在窗外偷看妳！」剛從祥立鞋廠下班的大嫂阿梅說。

「我剛剛在換衣服！」阿娥臉色有點沉。

「那就難怪了，以後小心點！我看起來那身形有點像歐羅肥，或黑牛！」

歐羅肥是養牛戶之一郭家的長子，人如其名，就是胖，黑牛是他大弟；郭家一號很會生兒子，叔伯二人各生了四個男丁。

除了阿娥被偷窺外，村裡也爲一件事苦惱，曬在屋簷下的女性內衣褲常常不見，好幾戶的太太們都在反映。

晚上，姊妹淘們又來阿娥家睡覺，聊累了關燈睡覺，阿縝也在黑暗中。

「媽～媽～」黑暗中阿娥抓著一隻從窗外伸進來的魔爪死命大喊。

「抓起來！抓住！」阿縝媽從另一個房間衝過來。

大哥大嫂也被驚動過來看。

燈一亮，阿娥的手空空如也，其他姊妹淘驚魂未定，阿縝揉揉眼睛搞不清楚是啥。

「被他跑走了啦！」阿娥氣餒。

「好恐怖！」阿娟一直上下撫胸。

「我覺得是歐羅肥，他伸手摸我的腿，太恐怖了。」阿娥這時才知道害怕。

「下次再敢來，一定把他抓住，眞可惡！」阿縝媽氣得鼻孔噴氣。

這之後，阿娥又把窗戶開了幾天，想誘敵，但敵人狡猾，沒有上當，因爲還是害怕，所以阿縝媽加裝了紗窗和窗簾；過了一陣子，魔爪用鐵絲穿過紗窗，撥開窗簾，但起碼手伸不進來了。

大白天，應該是特別放假天，否則不會聚集這麼多婦女商量事情，這些婦女不少都是在附近的鞋廠工作的，因爲台灣工業剛起飛，工廠的訂單是如雪片般飛來，加班加到手軟腳軟是很正常的。這些大嫂團從阿縜媽那一輩的農業時代進化到工業時代，一樣撐起家裡的半邊天，除了阿縜大嫂，阿妙的大嫂、阿娟的大嫂，以及附近的某某大嫂們都來了。

「快！」

一行人浩浩蕩蕩跟著某大嫂前進，穿過蜿蜒小巷，走進郭家一號大倉庫，阿縜跟著大人屁股後面看起熱鬧。只見某大嫂把手伸進一堆穀包間抓出幾件內衣褲。

「哇！」一行人瞪大眼睛驚呼。

「這我的！」阿娟大嫂認出自己的內衣。

「我的！」阿縜大嫂也拿了自己的內褲。

某大嫂手沒停地從穀包縫抓出一坨一坨內衣褲給人認領。

「到底是誰幹的？」阿娟嫂問。

「妖鬼武！」某大嫂說。

「我在屋簷下埋伏了很久，終於逮到他來偷，一路跟蹤他來這裡，嘿～～他把剛偷來的內衣褲穿戴起來，扭腰擺臀，我都嚇傻了，他穿完就往穀包裡面塞。」

「啥？」大嫂團們各各目瞪口呆。

「那肯定不能穿了，太噁心了！」阿縝大嫂拿著自己的內褲露出嫌惡表情。

「這內衣……也是錢啊！」阿娟大嫂捨不得。

「算了！只好自認倒楣了！」某大嫂說。

在那之後，就沒再聽說有內衣褲失竊的事，這郭家一號，淨生男丁騷擾良家婦女。

沿著山的河溝

阿縝上學的路線有兩條，大馬路和山路，每天有大哥哥當路隊長的隊伍會沿路收人，走山路的話，是比較少，還是有些危險性，不過挺過癮的。第一次走上去是小學一年級，國語課本剛好讀到「猴子會摘旅人帽子」的故事，山路旁的竹林，風吹起來嘎嘎響，阿縝幻想有猴子躲在竹林後或樹梢，害怕起來拔腿就跑。流行養蠶寶寶的時候，爲了摘河溝對岸的桑葉，腳一滑溜到河溝裡，和一條被泡浮腫的死蛇對看，瞬間腎上腺素激增彈跳上岸。灌蟋蟀灌到一半，看到一截詭異的布袋頭埋在土裡，順手一拉，掀開一大坨土，裡面睡著一隻歐陽鋒〔註〕——大約有阿縝兩隻腳掌大的蟾蜍。

小學五年級之前，沿著山路蜿蜒的河流是清澈的，跳下去手往水下沙裡撈，可以撈出蛤蠣，各種顏色漂亮搭配的豆娘飛舞在其中；往山裡較深處去，可以挖到做碗具的黏土，也會抓到山螃蟹。

「阿堂很偏心，總是給阿縝比較多黏土！」阿蘭的親姊阿巧說。

「他一定喜歡阿縝！」阿卿姊接著說。

阿堂是孩子中的王，路隊隊長大哥哥，也是玩開箱摔角遊戲時的贏家，有他那國一定贏，也就是很多大姊姊會喜歡的男生。

「對啊！排路隊時，如果阿縝落後了，他老是把隊伍的速度拉慢，就是爲了等阿縝跟上來！」阿味就是老注意這些中傷阿縝的細節。

阿縝剛重感冒痊癒，之前在床上躺著一動也不動，都不能出來玩，聲音都還有點沙啞。她接過阿堂給的黏土，沙沙地說聲：「謝謝！」

阿堂顯然開心地笑了，但阿縝哪懂什麼，她才小學二年級。

山腳下的大圳壩又傳出哭聲，聽說上游常有孩子掉到河裡，流到下游來，到攔壩時才停住，親人來認屍，哭得驚天動地的。

鄉下的小孩常會遇到命煞早夭的大概就屬水煞，阿縝的表姊阿華四歲就跌到水裡夭折了。

阿娥算是福大命大的一個，小時跌到水裡漂流了好長一段，阿騙聽到其他小孩的呼救聲，趕緊去找。

「在那裡！阿娥在那裡！」阿騙在橋下找到被攔住的阿娥，找了附近的大人一起把阿娥救上岸，阿娥大呼一口氣。

阿縝週三讀半天，跟同班阿蘭、阿味、步忠、國源、阿峰一起走路回家，頂著烈日一路上打打鬧鬧，走大馬路會經過米全公司的前門，有條大水溝已經死掉，死掉的原因是米全排放廢水殺的。

玩伴裡的步忠，是村裡唯一的外省人，爸爸應該是軍人高官，媽媽是本省人，所以跟大嫂團也混得熟，步忠有先天性心臟病，他們都有被告誡，步忠不可以快跑，有一次親眼看到他跑完後坐在地上喘得很嚴重，而且嘴唇一直是黑的。

村裡的小孩會不定期聚在一起玩樂，花樣很多，每段時間流行一種，永遠玩不膩，跳格子、打彈珠、玩紙牌、吹橡皮筋、射橡皮筋、跳橡皮筋（國王皇后比跳高、唸唸有詞地衝進擺動的橡皮筋裡）。

邊跳邊唸的口訣：

秋笛簽
秤仔摸地上（這時要一邊跳一邊手摸地上）
Mo mo as 秋笛簽
As mos
蹦類K

這時要把腳跨過橡皮筋，讓它靜止。
另一首口訣：

NO NI A NO NO WU SEE SEE
SEE A LA LA SEE SEE A NO NO
蹦類K

只要是蹦、類、K都一樣把腳跨過橡皮筋，讓它靜止，如果技術不良卡關就要換手，換人玩，自己甩橡皮筋。

這些口訣跟玩法都是大朋友代代相傳下來的，感覺上是日語，可能是日據時代的童玩。還有踢罐子、tomato、四顆奶、開箱（跟四顆奶一樣，分成兩隊比蠻力，阻止對手過關；開箱比較暴力，常常玩到幹架）。《科學小飛俠》流行時，阿縝跟同班幾個玩過扮裝，阿縝演三號珍珍、國源演一號鐵雄、阿峰演四號阿丁，步忠演二號大明、阿蘭演五號阿龍，阿味的奶奶比較孤僻自認高尚，他們家的小孩很少放出來玩，也很少讓小孩去他們家玩。阿味的奶奶常常在中午洗頭髮，阿縝玩樂經過她的窗前，老看到她在梳頭髮，梳成一個髻在後面，阿味就被押在她身後的榻榻米上睡午覺。

阿味奶奶活得高壽九十二歲，身心靈都有潔癖，鄰居從未看過她出過門，小孩子孫也控管盡量少出門，她也不喜歡其他小孩或大人進去她家，要交談或接洽事情，就是透過廚房外面放著一台洗衣機上頭的小窗。鄉下的阿婆越低調越高壽，阿琴的奶奶就無聲無息地活過一百歲。

「阿縝！妳洗好了沒？快出來玩！」阿蘭在阿縝家廚房窗外叫。

「快了！快了！等我一下！」阿縝泡在水裡說。

「阿縝快出來玩！捉迷藏缺妳一個。」步忠也來了。

「知道了。」阿縝還是泡在水裡。

之後國源和阿峰也來了，一行人在窗戶外邊看阿縝泡澡，以前的小孩都會在廚房洗澡，村莊的門戶幾乎都大開，從阿縝家到阿蘭家會穿過國源家的大廳和阿峰家的廚房，常常洗澡的人會跟經過的人聊天打招呼。

說到捉迷藏，阿縝有一次躲回家裡喝水，靈機一動想如果都不出去，一定沒人找得到她，就會一直找她。

「放牛吃草……」當鬼的國源喊。

放牛吃草的意思是當鬼的已經捉到人了，也知道下一場的鬼是誰當，剩下沒被捉到的，就大放送，放生。

剩下阿縝沒出來。

「放牛吃草……」國源繼續喊。

阿縝還是沒有出來，躲在家裡納涼。

「算了！不等了，阿蘭換妳當鬼。」國源說。

阿蘭把兩手伏在柱子上摀住眼睛：

「烏咕雞，找白蛋，搗聲聲，抓到的人就要登。數到五十喔！一、二、三……」

其他孩子趕緊找掩護，說到掩護之地，大孩子發明最賤招就是躲在牆頭上，當鬼小孩頭頂正上方，等鬼離開柱子找人，他就跳下來「KI DA」。

阿縝認爲時間夠久了，自以爲是地到捉迷藏場，等著看大家找她找得焦頭爛額的樣子，卻……

「人嘞？人嘞？人～嘞～」阿縝喊。

「人家回去睡覺了啦！」在院子乘涼的阿和伯說，一邊用蒲扇揮了兩下。

已經晚上八點了，大人們看完連續劇就要睡覺了，小孩當然早就被趕上床，剩下怕熱在外面吹風的叔伯輩，他們等會也會去睡覺，因爲明早要下田工作。鄉下的公雞統一在凌晨四點多啼叫，農民就會在那時候起床。

步忠家有一個叔叔，是他爸爸軍中的同袍，以前在軍中出生入死過的兄弟，會被收留當成一家人，但步忠媽似乎不太想接受這個常規，頗有微詞，就是家裡多口人吃飯的計較吧！那個年代，有幾戶人家生活容易呢？何況步忠的醫藥費應該是個龐大的負擔。

叔叔可能是軍中的伙夫，特別會煮菜，步忠家三兄妹的便當都是他準備還親自送到學校的。那個年代不流行外食，中午不是家裡送便當就是帶便當，阿縝媽常常託步忠的叔叔一起幫忙把阿縝的便當帶到學校，有一陣子，步忠會跟阿縝一起在學校側門等便當。

阿縝爸生前是個醋罈子，只准州官放火，不准百姓點燈，有一次阿縝媽和阿妙的爸爸在庭院聊天，阿縝爸追出來罵人，說阿縝媽明擺著討客兄。

這下好了，阿縝爸過世時，阿縝媽才四十六歲，也號稱是村莊裡的大美女，風韻猶存，這每天託步忠叔叔這光棍外省仔給女兒送便當，阿縝爸還在的話不跳腳跳歪了。

村落有養牛戶，村莊旁有很大片田都是種著牧草，秋天時抽穗，在夕陽下翻飛也是挺美的。郭家會在午後把牛放出來廣場放風，村裡的小孩也會聚在圍籬旁邊看牛，牛的一坨大便是人的幾百倍多，尿也是，像水龍頭開到最大幾分鐘也不爲過。

「喲～喲～騎上去了！騎上去了！」村裡的青春期男孩總盯著公牛的那話兒，女孩就是拿著牧草餵牛吃，不時發出尖叫聲，因爲牛一口氣吃到底，差點咬了手。

步忠的心臟必須在升二年級前開刀，否則會有生命危險，阿縝還小，無法理解步忠媽的眉頭爲何常鎖著。

這天是步忠手術是否成功的關鍵日，小孩們都坐在牧草園旁的路上等步忠媽，爬檳榔樹溜下來的阿南哥帶下一個蜂巢，嘴巴發出美味的嘖嘖聲，一群小孩蜂擁而上。

「給我！」

「我也要！」

幾個大男孩把蜜蜂的幼蟲往嘴裡送。

「好甜喔！」

阿縝看了那蜂窩一眼，裡面還有幾隻蜂蟲在蠕動。

另一棵檳榔樹溜下來阿峰，手上捧著一窩曼陀珠——鳥蛋啦！

步忠的媽媽從夕陽餘暉中走來，孩子們都回到路上等她。

大孩子們已經從步忠媽的神情看出端倪了，都沉下臉來不敢看步忠媽。
阿縝問說：「步忠的手術成功嗎？」
步忠媽神情落寞地搖搖頭，離開。
夕陽更沉了，只剩牧草花隨風搖曳。

步忠一家搬家了，是想離開這個傷心地，他們是村落裡第一個搬走的家庭，阿縝少了一個玩伴一起升上二年級，也不再有中午親送的熱騰騰便當。

註：金庸小說人物，天下五絕之一的「西毒」，擅長蛤蟆功。

被壁虎當珍珠奶茶吸的蠶寶寶

有一陣子，學校提倡綠化運動，新來的教務主任很熱血，第一個主意就是整治光禿禿、風一揚就起沙塵暴的操場，規定每個學生要在某一天準備一塊約三十公分大小的草皮到學校。這掀起搶草皮大作戰，跟養蠶寶寶期間找桑葉一樣麻煩，鄉村附近看得到的草皮幾乎一掃而光。韓國草算最上等貨，只在有錢人家的花園見過，路邊有的多半是牛筋草，以及它較低矮的變種姊妹，這類草的生命力極其強韌，「春風吹又生」指的就是它。阿縝這些小孩打發百無聊賴的時光，會把它們的花打結，用花莖穿過彼此的結，用力一拉，看誰的沒斷，就繼續接受下一個挑戰，要成爲大贏家，除了挑選的花夠結實強韌外，打結的方法也是關鍵。

至於養蠶寶寶的季節，就是桑葉的大浩劫，河溝邊、圍牆邊、沾得上邊的一律光禿禿，供不應求下，有人拿給鴨子吃的大葉A菜餵，餓極了的蠶寶寶也會買單，算是代餐，吃膩了還是不吃。小孩子的世界就是一窩蜂、沒經大腦思考，養了一輪再重來一輪，白蛋變黑蛋——孵出黑色蠶寶——長大變肥嫩蠶寶——吐絲結繭——破繭而出變蛾——再生白蛋，阿峰家的蠶寶寶量吐出的絲應該足夠做一張蠶絲被，大量的桑葉需求迫使他鋌而走險，決定挑戰誰也不敢做的任務……

那棵長滿鮮嫩欲滴桑葉的桑樹，已經撐起可以遮陽的樹蔭，上面吊掛著幾顆青色的桑葚，優雅地站在漫天荒草間，風一吹，似乎在向覬覦桑葉的小孩訕笑：「怎麼樣~不敢過來吧！」

阿縝和阿峰、阿蘭、阿味、阿源在雜草邊上望而興嘆，「這裡面一定有蛇王！」鄰里間繪聲繪影的傳說，喝止了小孩越雷池一步的念想。那是一塊位於廢棄汽水工廠裡，雜草高過於一年級小孩身高的空地。

「不管了！」

阿峰一溜煙竄進草叢，阿縝幾個驚嚇之外，吞了一口口水，眼巴巴地看著阿峰移動時牽動雜草的動線，距離漸遠後，動線便斷了，阿縝幾個面面相覷，沒人敢跟進。

「啊！」

阿蘭大叫一聲，因為阿峰已經爬在桑樹上，貪婪地折著桑枝。阿縝幾個投以羨慕的眼光，心想等會阿峰會分幾片葉子給他們。

「啊！」

這次是阿峰的慘叫，沒別的，就是兩公尺長的飯匙倩（眼鏡蛇）在阿峰後面嘶嘶叫追著跑，阿縝幾個見不妙，沒義氣地溜了。

有一天，阿縝大清早起床，照例先去關照已經快吐絲的蠶寶，映入眼簾的一幕只差沒去找師父收驚，原本圓滾滾長得像高鐵火車的蠶寶，只剩下一層皮黏貼在紙盒底層，皮上的黑點點已分辨不出哪兩點是眼睛，身體中飽滿的汁液被壁虎吸得精光，壁虎是以吸珍珠奶茶的快感把幾仙（蠶寶的單位要用仙稱呼，否則會掛掉）蠶寶都嗑了，阿縝從此得了蠶寶恐懼症，連多年後搭高鐵都有陰影。

廢棄汽水工廠一荒廢就幾十年，緊偎山腳的是山上生態偷渡平地的神祕地帶，十幾年後，有人膽大開墾種了菜，但面積廣闊，荒煙蔓草之地猶在。工廠水泥牆邊有竹林成片，人煙少致枝大葉肥，阿英嬸騎腳踏車經過總多看幾眼。端午節前，家家戶戶準備包粽子，依例附近的竹葉會一掃而空，某年端午過後，阿英嬸的訃聞送到阿縝家……

「眞是歹運啊！怎會遇到虎頭蜂啊！」

「說頭被叮到腫成兩個大，真是的，怎會想到那裡去摘竹葉啊！」阿縝媽和臭汗嬸午後納涼聊天時感慨地說起。

茅坑裡的肥蛆

阿縝家隔壁就是阿峰家，阿峰性格古怪，在外跟在家判若兩人。在學校時一句話也沒有，回家是個霸王，他媽在煮飯時，他不知在哭鬧什麼，還在地上打滾，一顆蛋要煎熟都困難，因爲他用剪刀腳鎖住他媽，吊在她身上，要逼迫他媽就範。以前他家窮，廚房跟臥室就同一間，煎蛋必須得到戶外煎，否則全屋子都是油煙味會受不了，也沒瓦斯、瓦斯爐，是用柴火煮的飯。

「這是我們的地！」阿峰的奶奶阿海嬸拿著一根樹枝在地上比劃。

阿海嬸年紀不大卻享起清福，什麼都不幫忙每天晃悠，給她的後代子孫灌輸她家的哪塊地被誰侵佔了，跟阿縝家比鄰而居，當然也說阿縝家侵佔了她家土地。

夏日的午後，阿縝媽也押著阿縝午睡，一片安靜的氛圍中總會有種能量把窗框震得匡啷響，不是風吹，而是像遠方有炮彈撞擊地面傳來的能量，阿縝從小就習慣這個，反而覺得是童年記憶的韻味。

「媽～」

「嗯～」

「我要大便。」

「嗯～」

阿縝溜下床，假意到茅廁晃一圈，然後開溜出去過家家，這是鄉下小孩們心照不宣的伎倆，但在假掰的阿味家就行不通，因爲他們家上上下下都一樣假掰。如果要比喻說阿味是哪個卡通人物，應該誰都會想起《櫻桃小丸子》中的美環。

阿縝家的茅廁離阿峰家的茅廁很近，他家茅廁外有種葡萄樹，樹下養些雞鴨鵝，火雞偶爾會開屏咕嚕咕嚕叫，很激動常嚇到小孩。因爲這些禽類下的屎肥料很補，葡萄年年結實累累。

至於茅廁，是民國六〇年代的小孩的集體夢魘，應該沒有人會感激茅廁這種東西吧！除了施肥的時候。茅廁的特色就是茅坑，每個小孩學會蹲茅坑之前都要先學不怕蛆，像米粒一般大小的肥蛆，會從茅坑的屎海爬上岸，沒有人會同意它們這樣做，可是它們就是執意如此，爬上岸不打緊，還會故意蠕向人的腳踝。阿縝每每要一直挪動腳，否則蛆爬上身，一輩子都要作惡夢。

「阿嬤——」

阿縝聽到阿峰家的茅廁發出淒厲的叫聲，拉起褲子飛奔看個究竟。阿峰的弟弟阿堅領著阿海嬸往茅廁來，阿海嬸手上拿著草紙邊說。

「在哪裡？我看！」

「阿嬤快點——哇——哇——」

阿峰還在撕心裂肺地鬼吼鬼叫，原來是鉤蟲從他的屁眼爬出來了，阿海嬸一把抓住拉出來，好大好肥一條，還在動。

「癩哥（骯髒）阿峰！」阿縝心裡想。

阿峰長大後，一路怪異孤僻，當兵回來後更是變本加厲，阿縝媽在閒聊時有提到陳年舊事。

阿縝媽：「牛欄旁邊那塊空地，以前有兩座墳，郭家要蓋牛棚時可能沒有好好移墳做法事，常有人經過時，石頭碎片莫名飛起來攻擊人。」

以前的老人家常常會遇到靈異事件，阿縝媽說阿縝公在菜園遇過小黑矮人在剝甘蔗。長大後的阿縝回憶起來，想：「該不會是山上的原住民賽夏族矮人下山來玩吧！」

阿峰的父親是做土水的（建築工人），他後來把他們家的倉庫跟茅坑那一塊地改建成透天厝，大部分是自己找幾個同事一磚一瓦蓋起來的。

阿縝媽：「聽說挖地基的時候，挖到兩口棺材，也不知道是怎麼處理了。」

阿峰的新家跟牛欄旁的那兩座墳很近，可能前人住這兒的時候，把過世的祖先葬在自家門口，沒有遷走，後來的阿峰家和郭家都疏忽，該辦的沒有辦好，影響了一些家道運勢。

郭家的長子歐羅肥後來娶妻生了一兒兩女，養牛事業收起來之後，把牛棚打掉，蓋了兩間透天厝住了進去，在壯年的時候，歐羅肥先過世，沒多久妻子也跟著過世，再沒多久，歐羅肥的母親摔倒悶死在舊牛倉裡，一樣在那兩墳旁。至於阿峰家，除了阿峰後來得了精神病，無法和常人一樣正常工作和生活，阿峰的大姊年紀輕輕就得風濕性關節炎，走路都成了問題。

郭家一號第二個兒子黑牛跟么兒阿富，後來都不知去向，人間蒸發。還好第三個兒子阿德沒事。

一窩蛇

夏秋交際稻穀收了之後，家家戶戶都把稻子曬在曬穀場，這期收成的稻作比較麻煩的是會遇上偶發的西北雨；阿縝家的人力較不足，常常穀子都淋濕了還沒收完。收穀子就是把本來耙成一落落的穀丘，集中成一座穀丘，再用雨棚蓋起來，用石塊磚頭把每一個雨棚腳都蓋實，免得雨滲進去把穀子沾濕，發出芽就不好了。

天氣晴朗的時候，家家戶戶都有人不定時像曬棉被要翻面一樣，用耙子把穀子梳耙梳耙，這樣每粒穀子才能都受光。

田裡的農事阿娥沒少做過，客家的女人本來就比男人好用，春耕時一次擔好幾擔的秧苗，走過田埂時都把田埂踏崩了；收割稻穀時，跟男人一樣一把一把抓著割，沒在怕的。

阿縝的大嫂負責煮點心，這給農人吃的麵食和仙草綠豆湯，真是美味至極啊！

阿縝年紀小，被分派到菜園，還有每天在灶前燒開水給全家人洗澡。下課後第一件事就是上菜園澆水，阿縝媽是個種菜狂，面積還眞不小，種菜就得依著水源，山上那河圳枝枝節節分配到這裡已變成小細流，偶爾閘道開關開的時候，水量最大，舀水灌溉時最過癮，但也漂過死狗，大狗慢動作漂過阿縝眼前，畫面很超現實，鄉下有句俚語「死貓吊樹頭，死狗放水流」，阿縝的確也看過吊在樹梢的死貓。

「媽～有蛇！」阿縝看著一條蛇昂首從空心菜圃竄出，嚇破膽。

「怕什麼？牠又不惹你！」

這種事對阿縝媽來說，應該說是對所有的農人來說，是司空見慣了，阿縝看求助無效，換個高麗菜圃澆水，又是一條。

「媽～好多蛇……這邊也有！」

「就跟妳說，牠不會對妳怎樣啊！」阿縝媽邊說邊動手把要攀四季豆的竹竿插入土。

阿縝默默地又換了菠菜圃澆水，第三條蛇昂首向她吐信。

「這一家三兄弟姊妹是非要嚇我就是了！」

或許不只仨，爸媽還沒出動呢！

阿縝媽是眞的沒在怕的，腳上必備雨膠鞋，曾經有眼鏡蛇攻擊過她，被雨膠鞋擋住了。阿騙幫忙農事時，也運送過藏在豬菜（蕃薯葉）裡的眼鏡蛇，他發現苗頭不對，趕緊棄運送拉車逃跑。他小時候在田裡玩，看過一個Discovery頻道會感興趣的大自然現象——夏秋交接，河水稀疏的時候，像成群彩帶還冒泡的異形怪物在河裡蠕動，定睛一看，是母水蛇旁邊滾著大約十幾條的公蛇，阿騙知道這是在交配，屏住呼吸，看完一場免費蛇春宮秀。

鄉下遇見蛇根本就是司空見慣的事，只要不是毒蛇，便是相安無事互不打擾。鄉下人有拜土地公的習俗，鄰長會保管一塊木牌，上面寫滿每一戶戶長的名字，依著順序每天到土地公廟上香燒金紙，拜完的那一戶在晚上前傳給下一戶，阿縝這一戶有一段時間是阿縝負責這個任務。

土地公廟建在一荔枝園裡，廟後面是一棵大樹，應該超過百年，樹幹和樹枝都非常粗大，樹蔭可以遮去半塊田。阿縝是喜歡親近正神的，所以她拜拜的時候都很認眞，只是有點害怕果園的荒涼，如果遇到人，是還滿不錯的行程，但如果只是她一人，就會迫不及待趕緊離開，但燒金紙必須等香燒過了一半才行，這時候眞的很怕什麼東西會從果園裡竄出來。

「如果在田埂上遇到草蛇，就讓牠平安通過，因爲牠們是土地公幻化。」阿卿姊說。

阿卿姊兩手食指相碰。「來！妳幫我切斷。」阿卿姊要阿績幫她把相碰的兩食指從中劃開，阿績照作。

「這表示厄運不會上門。」阿卿姊說。

草蛇跟水蛇是鄉下最常見的蛇，牠們常一溜煙滑走，不會攻擊人，應該說是眞的很怕人，比起阿績在菜園裡遇到頭會昂起的白目蛇，是友善多了。

阿卿姊是阿娥閨密阿鸞的妹妹，她是眞心疼阿績，她的母親臭汗嬸也是阿績媽的閨蜜之一，因爲阿績明智開可以辨別事情時，臭汗叔就已中風躺在床上，幾乎沒看過他本人，所以也搞不清楚他爲什麼叫臭汗。

「有可能是狐臭之類的吧！」阿績心想。

臭汗叔有很廣大的土地財產，以通往土地公廟路上的三合院住家爲中心，方圓大概好幾甲地跑不掉，阿縝媽的菜園就跟閨密臭汗嬸借的。但這些地後來被大兒子賭博敗掉不少，像割地賠款一樣，一塊一塊劃出去。

臭汗嬸是村裡的八卦站，她是有話就說、有屁就放的無心機鬼，特別喜歡幫村裡的小孩湊對，年紀差不多的小孩都難逃被她連連看。

「阿巧！你老公阿全呢？你怎麼沒跟他一起！」

阿蘭的姊姊阿巧滿臉尷尬地離開。

臭汗嬸的眼睛有一眼是壞掉了，小孩看到她都會想到卜卦的女巫，阿縝媽跟她極有話聊，天南地北、芝麻綠豆都可以聊，阿縝找不到媽，一定會來這一戶看看，八成都在這裡，臭汗嬸是陪伴阿縝媽活最久的閨密。

臭汗嬸的大女兒阿鸞長得白白淨淨，也算標緻，村里第一封公開的情書就是寫給她的。

我有愛妳，妳有愛我沒？

那封信只寫了一句話，放在阿鸞家客廳的門檻上。鄉下一定家家戶戶的門都會設門檻，怕雞、鴨、鵝，甚至蛇晃一晃晃進門；有個不成文規定，女性不可以踏在上面，要橫越過才行，但後來就成了小孩們的書桌，放學回家會在上面寫功課，鉛筆寫粗了，在地上磨一磨繼續寫。

阿鸞其實搞不清楚是誰寫的情書，字是歪七扭八，應該不是功課好的孩子寫的。

那時偶爾會有這種花絮點綴，跟賀爾蒙有關係，放路隊回家，某面牆上就有用石子刻畫的圖文。

阿縜愛阿源

阿暖愛阿寶

阿恆愛梨春莉

冷不防名字就上了牆壁，變成頭條新聞。

阿縜認爲是阿蘭寫的，要報復她被狗抓傷那事。

阿蘭愛阿峰

阿縝趁月黑風高的時候，在路口更顯眼的牆上，刻下更大更明顯的字，還加了兩顆愛心和一支愛神的箭射穿。

「阿縝！吃飯了！」

阿縝爸過世後，阿縝更是放牛吃草般自由，過家超過中午，家裡也沒在找，縝媽忙到焦頭爛額，哥哥姊姊們都有自己正在進行的工作。這次是在阿卿家，阿卿端來一碗飯。

「啊～」阿卿餵了阿縝一口。

阿縝驚爲天人，從沒吃過這麼好吃的飯，就簡單的蘿蔔湯和爆香小卷撕成塊配飯，阿縝一直要、一直要，阿卿都來不及吃幾口就碗底朝天。

那時的蘿蔔就是蘿蔔，飯就是飯，小卷就是小卷，油就是油，煮起來當然美味無比。巷弄裡如果有廚房煎蛋或香腸，總把經過的人逼滿口口水來不及嚥，純豆釀製的醬油，自己養的豬肉灌出來的香腸，雞蛋也是自家養的雞生的。

阿縝吃飽飽，終於甘願要回家了，走出阿卿家門口，無患子樹上的天牛飛撲下來，阿縝伸手去抓，被跑掉了。

阿縝徒手抓蜻蜓、豆娘的功夫還不賴，肥滋滋的蜻蜓停在田埂上，慢慢靠近，用食指跟拇指捏抓尾巴，到手後一定會被反身咬一口，其實還算痛。那時候的豆娘顏色和造型還滿豐富的，跟熱帶魚的配色不相上下，要在水源很清澈的地方才看得到，阿縝偶爾會跟阿峰幾個去探險，是在甘蔗園旁廢棄的水池。

收割稻穀了，剛卸下的稻穀最讓人癢癢了，碾穀機運作時，吐出穀粒，也讓穀屑飛刺皮膚，說多癢就多癢，得用水沖了再沖才能緩解。

某天，阿縝剛放學，斗大的雨滴「啪！」的一聲貼在地上，然後等比級數增加。

「快喔！落雨了！收稻穀了！」

「雨棚拿出來！」

一路上的穀場都在收穀子，阿縝飛奔回家，阿縝媽和阿雄果然賣力地在收穀子。

「阿縝！去拿竹掃把來掃！」阿縝媽說。

看起來阿縝家人力最單薄（大哥、大嫂、阿娥都在工廠上班，阿騙在準備中醫特考），天上還打起隆隆的響雷，閃電不客氣地劈下地。

阿縝也賣力地收著稻穀，但眞的緩不濟急，混亂中一抬頭，眼角掃到一個人兩隻手將掃把拿在背後，像好萊塢電影的英雄一樣地出現，是郭家三兒子阿德，他家的穀收好了，沿路幫忙鄰居收過來。

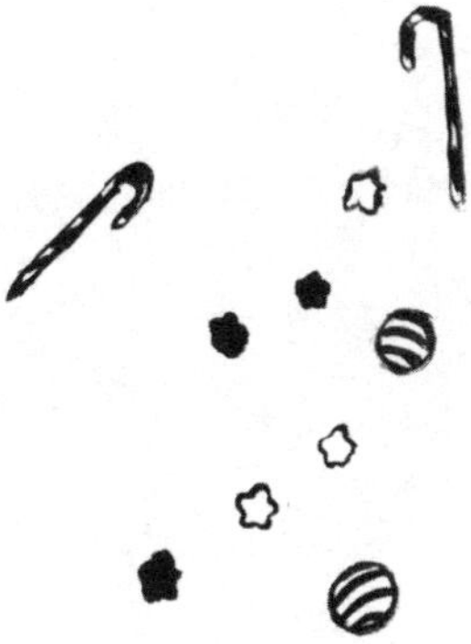

第二部
農村趣事

阿環家庭理髮

阿縝媽每天一定要去她的聘金三畝田幹幹活，以前的人幾乎都是步行，多遠都是用走的，這一趟田路得走個兩小時，阿縝襁褓時就開始熟悉這趟路的風景，田埂更是她的心頭好，頭沾了就睡到天荒地老，不吵不鬧不亂翻滾，等阿縝媽忙完了還睡。

「這頭就是這樣睡扁的。」阿縝媽某日突然恍然大悟，但爲時已晚。所以阿縝不像阿娥有個立體圓形的頭，這是阿縝媽的專利，美髮店阿環封的，阿環每次幫阿縝媽燙完頭髮都忍不住稱讚一番。

「阿松嬸！妳的頭形好好看，可不可以當我的模特兒？」

阿娥小時候癲痾頭愛哭鬧，不像阿縝睡得一動不動的，所以遺傳維持了阿縝媽頭的精髓。

「公車站牌！哈哈！」阿味笑。

阿味總愛拿阿縝的痛處開刀，就是說她被田埂壓扁的頭連帶拉平了臉，像公車站牌。

「請問公車司機有沒有停這一站啊！」阿味總愛在阿縝領完第一名考卷後出這招，很賤。

阿縝從小到高中都是給阿環理的髮，後來髮禁解除可以燙髮後，才換到學校的福利社美髮部。小時候要把一張木板跨在椅子扶手上，坐上去理髮，什麼都不用講，就是西瓜皮，阿縝最怕阿環的一個武器就是修剪後面髮根的剪子，這種冰冰涼涼又喀拉喀拉的癢感，阿環在生意爆好、滿室都是人的時候，心不在焉，那理髮怪獸會拉到一、兩根細髮，冰、癢、痛交雜眞是一輩子都記得。

大概是滿室的人、吹風機和烘燙頭髮的機器吹出的暖氣，暖暖的，讓人昏昏欲睡。

「阿海嬸昏過去了！」上完捲子坐阿海嬸旁邊的阿妙大嫂驚呼。

阿環一看，伴隨剛竄到鼻孔的燒焦味，趕緊放下手邊工作奔向阿海嬸。

「海嬸！海嬸！」阿環猛喊，阿海嬸仍一動也不動。

阿環急了，阿妙大嫂和其他在場的人都急了，阿海嬸頭上的燙髮捲還在冒煙，阿環趕緊用毛巾沾了水把煙止住；早期燙髮的確須要經過噴煙的步驟，阿縝常看到阿環用粉紅色的紙包著一種藥把一小撮一小撮頭髮捲到髮根成捲，不久這些捲會開始像快鍋噴煙，如果煙噴得太猛烈，阿環會用嘴巴去吹，試圖讓煙變小。

「喔！醒了，好理佳哉！」阿妙大嫂鬆口氣說。

阿環鬆了更大一口氣，阿海嬸是斤斤計較的人，眞的惹不起。

「海嬸您也不要這樣嚇人嘛！睡得這麼沉，還以爲……」阿妙大嫂說。

「以爲怎樣？」阿海嬸臉色很難看，瞪著阿妙大嫂。

阿妙大嫂認爲好心予雷唚（好心沒好報），就住嘴。

過一段時間，阿縝長大了些不用再坐木板，開始可以有一點意見了。

「我想夾頭髮！」

「喔！妳要夾頭髮喔，夾哪一邊？」阿環幫忙抓了一下劉海。

「這樣好不好？」

「好！」

阿環用小黑夾幫阿縯夾了從左梳到右邊的劉海，就這麼定了劉海的調，一直到長大分出一列明顯的分線來。

開始愛美後，就買了一些漂亮髮夾，作起少女的夢。

阿環也是很早就走了，她爲人隨和，很勤奮，每天從早忙到晚，中間一點小空檔吃個飯，只要有人上門，都會拋下飯碗繼續工作。

不知爲什麼，大部分美容院老闆娘都會搭配一個比較閒散的男主人，所有的擔子都落在阿環身上。

「爆腦筋！」來藥鋪拿藥的阿慶嬸說。

所謂的爆腦筋，就是中風，比較嚴重的動脈出血，很快就回天乏術，阿環應該是過勞死的動脈出血。阿縯爸的狀況就比較和飲食有關。

阿縯爸非常喜歡吃肥肉，阿縯媽每天帶來的便當非常豐盛，一家之主一定要吃好的，有肉、有魚、有菜，還要有湯，肉的話一定要有滷肥肉帶皮的。

香肉的代價

藥舖的右邊住著外省和啞巴夫妻，有一次阿縯在藥舖前玩耍，活生生看到一隻大白狗被外省和幾個阿縯爸的朋友燙熟了拔毛，不久藥舖裡就飄出極香的香肉味。要說阿縯爸這一味自創香肉藥包，眞的是前無古人後無來者了，一屋子男人啖香肉喝酒，醉了就睡在長椅凳上。阿縯爸有幾位換帖的兄弟尖鼻仔、東吳、歪仔，常常過的就是這樣吃喝的日子，甚是荒唐。

這大量吃狗肉的養分，可能透過血液傳給了阿縯，從小她就被狗追著跑，阿味家的狗最神奇，誰都不會追，只追阿縯，這家還眞貫徹到底地排擠阿縯，連狗都……

也聽說狗鼻子很靈，吃過狗肉的人是逃不過牠們雷達的，阿縯爸在體貼阿縯媽上，是把狗肉混進燉補的湯裡，給阿縯媽喝補身子，這不就中鏢了嗎？然後再用子宮輸給胚胎阿縯，一瞑大一寸。

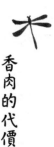

阿味家的狗是隻白色犬，以前吃狗肉的時代，一黑二黃三花四白，自家黑狗沒有看好，很快就要去香肉店認領了，阿味家狗是最安全的顏色，所以綁在屋簷下或野放都很安全。

阿縝常被阿味狗追到自家門口，把紗門關起來，那囂張狗竟然還在紗門外對著她吼叫；阿縝媽向阿味媽反映，她採阿味取笑阿縝沒爸一樣的處理方式，就是含笑帶過，也不想想當初自己沒奶水，阿味喝了多少阿縝的份。

鄉下家家戶戶幾乎都養狗，主要是防小偷，但阿縝所聞都是防君子，成事不足敗事有餘，像郵差騎機車來送信就被郭家一號的惡犬追咬，咬掉一塊肉。郭家一號的奶奶因爲講話口吃，綽號便叫大舌，她拿了一把鹽就撒，眞是應了「在傷口上撒鹽」，可想而知那郵差必定撕心裂肺地鬼叫。

大舌是村裡不討喜的老人家第一名，鄉下小孩不知事不避忌，尿急就蹲下來隨地尿，阿縝、阿味、阿蘭還有幾個年紀更小的，有一次排排尿時，她老人家心花怒放，不動聲色地走到孩子的背後，一腳一腳地頂這些孩子的屁股，孩子像鴨子吃穀糠一樣，往前傾倒，臉撞地上，都是尿與沙。

阿德咕的女兒非常乖巧，一大清早就騎腳踏車來送報，也常常被那幾隻惡犬追得棄車。

阿縝家也養一隻小胖，是介於牧羊犬與博美之間的黃色米克斯，鄉下的狗不是土狗就是米克斯，是小時候阿雄帶回來養的，年紀和阿縝一樣大，阿縝幾歲牠就幾歲，尾巴開朵花非常漂亮，是村莊裡最帥氣的狗，常常一出門就有其他犬要跟牠幹架，感覺是嫉妒牠的帥，牠也從不示弱，要開幹就開幹，一對多也沒在怕。小胖也咬過人。

「小胖你在吃什麼？給我看看好不好？」阿仁叔來阿縝家好奇問，還一邊伸手要看小胖的碗。

小胖冷不防咬了阿仁叔一口，阿縝媽趕緊拿出小藥包的藥來敷，還帶阿仁叔去打破傷風。

養牛戶們常常會有一些業務往來，例如當成牛飼料的鳳梨皮、玉米梗，似乎是除了牧草之外幫牛加菜，也可能牧草收割吃完了，空窗期的代食。這些都需要大卡車載送過來，有時大到連路都塞不下的大卡車，玉米梗一卸下，一群孩子蜂擁而上，找看看有沒有遺漏沒採收到的玉米。那時候生活苦，田裡下大雨後還能抓到泥鰍和魚，河圳裡還能撈到蛤蜊，蚯蚓還能釣到青蛙，都是餐桌上加菜的菜餚。說到釣青蛙，阿平有一次釣起一隻肥蛙，肥蛙屁股上咬著一條蛇，一起拉起在稻田空中甩，肥蛙還呱呱委屈地叫，阿平棄竿嚇得屁滾尿流。

載鳳梨皮的卡車來了好幾次，阿縝看過幾次，是一對夫妻。

阿縝家的小胖，因爲長得好看，很多人喜愛，到哪裡都小胖長小胖短地喊，牠跟家裡每一個人都親，會陪阿縝出去玩，幫阿騙看藥鋪，有人來會叫幾聲通報，也會保護阿娥，晚上睡覺時，會在客廳藤椅跳上跳下，讓人有種守衛在的安心。

某天，阿縝照常要去藥鋪，小胖跟在後，載鳳梨的卡車經過，阿縝閃到路旁，小胖來不及被卡在圍牆邊，卡車輪壓到小胖的後腿，一聲慘叫。

小胖粉碎性骨折，當時動物醫療並不發達，從此小胖就不帥了，牠變成瘸子，跑的時候是用三隻腳著地，另一隻腳吊在半空，家人心很痛，但牠自己顯然滿樂觀的，很快就適應三隻腳跑步的生活。

阿妙姊家也養一隻超級大黑狗，因爲非常兇，都綁著沒敢放出來，阿縝和阿蘭放學回家時經過，黑狗無預警衝出來，感覺上是繩子鬆了。因爲之前阿縝經過無數次黑狗都撲不到她，這次竟然撲在阿蘭的背上抓了一把，還好沒張口，但阿蘭家龐大的家族，一堆堂哥堂姊都把矛頭指向阿縝，責備她帶阿蘭經過險地，還阻止阿蘭跟阿縝玩。

員外的牛欄

郭家二號比一號厚道許多，阿明給那家矮個子男主人取個外號叫員外，比他原本的綽號矮仔好聽。員外的太太身材胖碩高大，很像法國鄉村和藹可親的胖奶奶，阿縝和玩伴玩樂經過她家果園，她不但不喝斥，還會親手摘下幾顆熟成的芭樂塞給孩子。

過年過節都會用到糯米挨（磨）成的糕狀米漿，再放在布袋裡用扁擔壓平，瀝乾水後做成芋粿、蘿蔔糕、粄粽、年糕。員外家有村裡獨一無二的挨米機，牛欄每到端午、中元、過年前會大排長龍等挨米，婦女美國時間無多，通常會讓家中無所事事的小孩幫忙等，忙一段落時會去巡看看小孩是否貪玩跑掉。這時節，阿縝會認命地穿梭在田野間找香蕉葉和粽葉，帶上一把香蕉刀，就能大片撕下香蕉葉，洗好後等著包芋粿；縝媽這方面的功夫相當好，用灶炊好的芋粿和粿粽，阿縝可以一口氣吃五個，直到肚子飽硬到像灌滿氣的躲避球爲止。

「松阿嬸～」「松阿嬸～喔～」「阿松阿嬸～喔～」

胖員外夫人如果叫不到回應，就會一直叫下去。

「歐巴桑，我媽媽不在！」阿縝趕緊衝出來回應，否則她要叫到天荒地老了。

員外夫人手裡捧著剛摘的玉米。

「來！這個給你們煮！」

「不用啦！」阿縝矜持。

「拿去啦！」

「不用啦！」

員外夫人胖乎乎肉實的手一把抓過阿縝的雙手，把玉米塞在她手上。

鄉下就是這樣，有些和善人家，有好東西就會慷慨跟鄰居分享，接收的那一方一定會不好意思推辭一番，最後一定會成交，這是阿縝跟縝媽學來的。

員外家的牛奶是阿縝喝過最好喝的鮮奶，小孩們晃悠到牛欄玩的時候，最幸運的就是看到手擠牛奶，員外是老頑童，擠著擠著會把乳牛的乳頭轉向，乳汁噴向看得嘴開開的小孩臉上，然後自己開心地笑出來。

郭家每天早上擠好牛奶，就會送到附近的米全工廠，阿縝家會買一些回來放在瓦斯爐上燒滾消毒，再放一些糖，關火等涼後，表層會浮一層膜，那就是「非常鈣」的營養品。

「這是我喝過最濃醇香的牛奶。」阿縝篤定地認爲。

小時候最常吃的豬油拌飯，現在也吃不到那味兒了，因爲豬的品種都改了，豬飼料也不一樣了，連豬喝的水也不同了。

「豬不豬、油不油、飯不飯、水不水……」阿縝嘆口氣，「人不人……」

清晨睡夢中或午後，員外家的牧草堆老傳出一連串疾聲刺耳的「ㄍㄧ ㄍㄨㄍㄨㄞ」聲音，阿縝幻想那是一種神祕不可測的東西。

「是竹雞啊！」員外娘手捧著竹雞蛋給阿縝看，一隻竹雞從牧草堆疾衝而過，許是在找自己的小孩。

牧草秋收後，裡面的生態無所遁形，這其貌不揚的竹雞，是讓阿縝心生幻滅的惆悵。

有時候阿縝睡夢中會聽到牛隻的呻吟聲，以及員外全家躁動的聲音。

「員外啊！昨天那隻牛生了沒？」阿縝媽隔著牛欄喊著問。

員外回說：「沒啊！難產，腳在外面，生不出來。」

昨晚生了一晚上，小牛還是沒順利生下來。

鄉下的屎糞是回收再利用的好物，舉凡豬糞、牛糞、人糞、雞鴨鵝屎都在列。

員外家人丁較單薄，鏟牛糞包就得找便宜工，養牛人家必須不定期把牛大下來的大坨黃金鏟到戶外曬，乾了之後放進布袋，可以自己用，多了可以賣到不錯的價錢。阿縝每到暑假就會去幫員外拉布袋賺外快，非常微薄但聊勝於無，拉布袋一袋一毛，鏟牛糞一袋五毛。

「為什麼妳不賺五毛？」阿蘭問阿縝。

「如果牛糞不夠乾，一鏟下去，底層還濕濕的，非常臭，而且蛆（沒錯，只要有糞就一定會有蛆）會爆漿而出，噁……」阿縝說完乾嘔一聲。

「阿峰總是挖到地雷！」阿縝又說。

鄉下各家都有糞坑，每隔一段時間要清一次，否則會滿溢出來，阿縝媽是用這個在施肥，阿縝常在黃昏時接到這個指令，跟縝媽用扁擔一前一後挑糞去菜園，縝媽把較長省力的那邊給阿縝，她在前頭因爲個子矮，超怕糞向前衝倒向她。

縝媽也會收集人尿，一個大尿桶放在阿娥的房間，想尿的人就去尿，滿了，一樣是母女倆一前一後抬去施肥。

鄉下人都知道，路邊隨便長的蕃茄、芭樂最好不要吃，因爲那有百分之九十九的機率是糞裡沒消化的籽長成的。

家裡有屬於自己的糞坑其實是很不錯的，阿蘭他們得和附近好幾戶人家共用一個糞坑，擠在一起的時候，就難受了。阿縝媽在茅坑旁養豬，臭汗嬸家茅坑旁也養豬，鄉下的人家似乎都是這樣。阿縝媽要阿縝用粉筆把豬幾隻、豬飼料幾包都記在豬圈旁的牆壁上，到時候可以結算毛利。到了中盤商來收成豬時，家家戶戶的豬會被綁住四肢集中在阿蘭家前的門埕上，群豬猛尖叫、猛大便。

阿縝小時候賺外快的方式還滿五花八門的，下雨，蝸牛會跑出來，很肥美，阿縝會穿著雨衣在雨中抓蝸牛，抓到一定的量後，送到半山腰小學同學梨春莉家賣給她奶奶，也是賺個幾元。梨春莉有幾年小學都坐在阿縝旁邊，她奶奶開柑仔店，所以她有吃不完的統一麵。

「松嬸~妳家阿縝又去找貓了？」臭汗嬸問。

「嗯！」

有天放學回家，阿縝和玩伴們走山路經過阿蘭家的穀倉，看到幾隻黑白相間的小貓。

「喔！躲起來了！」小孩們驚叫。

小貓一溜煙躲到穀包縫裡，阿縝就像觸電一樣。

「我想要養……」阿縝眼睛直直地盯著貓隱身的地方。

「那很難抓耶！」阿蘭說。

「對啊！很難！」阿味說。

那之後，阿縝放了暑假，早上一睜眼就是去穀倉報到，過了中午吃飯時間也不見回家，黃昏天色漸暗，才心不甘情不願離開。

阿縝試過幾次差點就得手，她先蹲低躲在穀倉外，慢慢靠近貓出沒的穀包，伸手要抓取小貓，剛開始動作慢，被溜走，多練幾次後，終於抓到一隻，這時母貓衝出來，利爪掃向阿縝，阿縝直覺反應鬆手，小貓又回到母親懷抱。

這樣過了好多天，鄰里每個人經過穀倉都幫阿縝加油。

剛看阿縝被母貓攻擊的阿進叔說：「妳這樣是抓不到的！」

阿進叔試著跟阿縝等一陣子後，小貓出來，他伸手要去抓，也是被母貓擊退，他搖搖頭：「有母貓在眞的很難，妳還是放棄吧！」

晚上阿縝媽在發飆：「妳都不用寫功課是不是？每天就是抓貓！」

暑假作業是每個小孩的夢魘，非常非常多，每天要抄國語課本單字和句子各一行，毛筆每天一篇（含小楷），日記一篇，還有一本暑假題庫，含所有的科目，比平常上課的功課多更多，很少有小孩每天照進度完成，都是快開學了才日夜趕工。阿縝的姪子阿振，天生投機點子多，發明了一種老師不知道怎麼責備處罰他的方法，就是沾了非常濕的墨汁，像畫國畫時飽滿的藏鋒，而字帖不墊報紙，一筆下去可以暈染十幾張，如此在很快的時間內便能完成毛筆這一項。

開學前，家家戶戶的小孩都在寫暑假作業，阿縝馬不停蹄地趕，很羨慕阿蘭和阿味有龐大的堂哥堂姊群可以幫忙寫，阿峰也有姊姊阿蓮幫忙，阿味的姊姊阿琪在幫阿味寫功課時，阿味在旁邊負責大哭，擔心姊姊寫不完。

開學了，阿縝沒有抓到黑白貓，一個暑假就這樣，過了……

某天放學，阿縝驚呼：「媽～～爲什麼？」

阿縝媽：「什麼爲什麼？」

阿縝：「貓啊！貓在籠子裡。」

阿縝媽：「阿紀醬把穀包搬出來後，就抓到貓了。」

阿紀醬（日語『秋天』的發音）是阿蘭的媽媽，因爲阿蘭的祖父那一輩有受到日本教育，所以會再給小孩子取個日本小名，像阿峰的爸爸叫阿悶醬（日文

『阿文』的發音），阿全的媽媽叫哈魯蔻（日語『春子』的發音）。

阿縝欣喜若狂，走到籠子邊看個仔細。貓很鬱卒，臉很臭，跟在穀倉看到的判若兩貓，阿縝有點失落，那之後就都是阿縝媽在養，長大放出籠子後就離去不復返，跟阿縝家沒有一絲感情，又過一陣子，村子裡又多了好幾隻黑白小貓。

白目的小孩

阿縝小時候很喜歡跟大人親戚一起回對方家住個幾天，有人邀她就應允，很好說話，雖然有時候是客套話，她也很認眞地對應，大人們內心卻是錯愕的，阿縝還因此跟著一位遠親姊姊穿過高山、越過小溪到她山上的家。

「哇！那些石頭好大喔！」

阿縝沒看過山上溪中的大石，大驚小怪，遠親姊姊是阿縝阿公拜把兄弟的孫女，心想該怎麼擺脫這個小麻煩。到遠親姊姊家後，她就丟下阿縝落跑了，阿縝就跟著一位阿婆，也就是遠親姊姊的媽生活，那裡一個小孩也沒有，實在無聊，阿縝想回家，遠親姊姊才又出現帶她回家。

還有一次是嫁人後就消失無蹤的大姑女兒突然來訪，阿縝一樣白目地認眞回應對方的邀約，過程一模一樣。那表姊一到家便消失，阿縝是跟大姑的婆婆一塊生活，阿縝是個好帶的孩子，想回家不會哭鬧，忍耐了幾天等姊姊們出現帶她回家。

阿娥想知道神祕的大姑到底住在哪裡，就問阿縝要怎麼去。

如果是阿明指路絕對沒問題，但阿縝指路，把阿娥帶到台中火車站的大空地，繞來繞去還是繞不出個所以然。

「阿縝！要不要到舅媽家玩？」小舅媽又客套了。

「好啊！」阿縝還是中招。才五歲的孩子，哪能辨別什麼。

小舅媽是號人物，阿縝小舅的元配難產過世，留下兩個女兒，唯一的男丁跟著難產一起陪葬。小舅續弦小舅媽，生了兩個女兒（一個掉到水裡淹死了）後，終於生了兒子阿隆，捧在手掌心上哄著。那表哥比阿縝大個幾天，都是農曆年頭生的。

小舅媽有特異功能，晚上沒有路燈，還是可以摸黑去田裡幹活，那時鄉下的路上如果沒有月光、沒有手電筒，就很難出門，小舅媽可以安然地把田裡的穀包用腳踏車載回來。

「是誰？」田埂間交錯而過的阿輝伯問。

「是我，阿餅啦！」小舅媽回。

「ㄟ！妳的膽子是有石頭那麼大啊，一個女人家就這樣摸黑。」

只聽得見阿輝伯的聲音，根本看不到人，他就是憑感覺，有人從旁邊經過。

小舅媽載阿縯到她家後，一樣讓她自己玩，押寶貝兒子上床睡午覺，阿縯又感到無聊，這次決定自己走回家。

「阿縯～～阿縯～～」放學回家看到阿縯直直往奇怪的方向走去的阿霞表姊扯著嗓門喊。

阿縯還是堅定地往前走去，離阿霞越來越遠。

阿縯篤定這個方向可以回家，所以努力趕路，路上許多大人擦肩而過，雖感奇怪但沒有多問，走著走著，太陽隱隱有要下山貌。

「囝仔～妳要去哪裡？」一家四合院庭院裡的阿伯問。

「我要回家！」阿縝回。

「妳一直走會走到花蓮喔！」阿伯開玩笑。

阿縝根本不知道花蓮是什麼。

「妳迷路了啦！妳家在哪裡？」

「我爸爸叫胡阿松，他在山腳巷開了一家中藥舖。」

「我載妳回去喔！」

阿伯的名字叫紅毛，是阿縝的恩人。

繼上次小姑收養事件之後，阿縝賴定胡家的記錄又添一筆。

工業起飛的前夕

阿縝的大嫂阿梅是個生小孩也不哼一聲痛的女人。

「那阿梅喔！手握著醫院病床的欄杆，汗珠斗大地冒，就是沒一聲痛字。」阿縝媽形容。

「有什麼好喊的，那些女人叫那麼大聲吵死了！」阿梅私下講。

阿梅是在電腦公司和阿明同事時一見鍾情，她臉長得不漂亮，身材還不賴，是胸大腿長的比例，主要是賢慧，女人幹的活沒有一項不拿手的。阿明看到她，就有一種母愛的安全感，帶回來家裡認識長輩時，阿縝爸聽到她跟著電視裡的陳蘭麗哼唱〈葡萄成熟時〉，倍覺親切，就跟阿明說：「這個跟我們家合喔！這個可以！」

阿明長得帥氣，運動神經發達，是個陽光的人，頭腦非常靈活，口才好，很有女人緣，和阿梅交往的同時，也還有和好幾個美女在周旋。阿梅之前，才帶外省籍的玲玲來給父母看過，阿縝媽說：「我們一家子人多，要做的家事可不少，這白白嫩嫩的外省女孩能忍耐嗎？」

玲玲長得眞是漂亮，阿明自己也是心裡有底，一聽阿縝媽說出口，就打消念頭了。這婆媳關係是很多男人在意的，家裡還有個三歲的小妹要照顧，實在不是隨便的女人都可以扛得起來的。

玲玲倒也是很大器的人，阿明結婚時，也來喝了喜酒。

阿梅會願意嫁過來，絕對是被愛沖昏頭，被阿明的帥氣迷得不可自拔，她其實高中唸的是公立的家商，是很不錯的學校，功課是很好的。當媳婦之後的生活，就是分攤非常多阿縝媽每天的家事，煮三餐不可馬虎，因爲有個公公每餐都要吃好料；全家的收入都要交給阿縝爸，他會用這些錢買菜。阿明剛開始在油漆公司跑業務收入微薄，阿梅還得自掏腰包買肉加菜，每天要手洗成堆成山的衣服，農忙播種、收割時得煮大量的點心正餐給農人們吃，秋收時要曬穀子，還要照顧又長一歲的四歲小姑阿縝，有時候忙不過來，乾脆把阿縝綁在神明桌下。

這些大量的活，一直延續到她的孩子一個接一個生，必須接代工貼補家計和到祥立鞋廠沒日沒夜加班的時候。

阿縝讀小一時，村裡突然時興起了編繩代工，是住在馬路另一邊的吳國華批來的，用麻繩編織多種花樣，可以把花卉盆栽放到裡面，吊掛當裝飾用。東南亞經濟好的時候，非常多這方面的訂單需求，家家戶戶沒有上班的婦女都接這個來做。阿縝四歲時，阿梅生了阿振，所以阿縝四歲就當了姑姑，再過三年，阿梅肚子好大要生大女兒阿君。阿縝爸過世，一個大肚婆哭得很傷心，想當初是阿縝爸欽點她，擊敗眾多競爭者進家門的，平常阿縝爸對阿梅還不錯，才換來媳婦的眼淚。

從古至今，公公婆婆要獲得媳婦眞心的眼淚非常不容易。

阿縝媽和阿縝都加入幫忙阿梅編織麻繩的陣容，量越接越大，趕工時廢寢忘食都有；代工本來就是以件計酬，非常微薄，花樣簡單的一條幾元，比較難的就多些，一家老小的合作方式是，簡單的都交給阿縝和縝媽，困難的就阿梅包辦。

沒幾年，附近蓋的一家汽水工廠開始運作，雙層大車上載滿汽水停在阿蘭家的庭院，周圍的婦女跟小孩都出來看得傻眼，是宣傳車，不賣也不給，就是吊人胃口，要徵人去當作業員。但不久經營不善、即將倒閉的風聲傳出，阿梅和附近鄰居都跑去大量招人的祥立鞋廠，只剩零星幾個婦女還接編繩。

汽水工廠眞的倒閉了，留下一個荒廢的果園，用七里香樹築成綿延幾里的圍籬，夏秋的時候綻放整條七里香花道，芬芳四溢，招來無數蜜蜂飛竄其間。

這絕對逃不過小孩的法眼，阿新跟阿平、阿南這幾個大孩子早就鑽進去探過了。

阿平：「有兩棵大蓮霧，一棵白的、一棵紅的，都甜，但甜感不一樣。」

阿南：「還有幾棵芒果樹、仙桃、楊桃、香蕉。」

阿新：「等一下我們進去摘水果，你們幾個在外面把風，還有，我們會把水果從洞遞出來，你們要好好接應。」

阿縯、阿蘭、阿峰這幾個傻同梯，一口徑說：「好。」

幾個大小孩一溜煙從七里香圍籬挖好的洞鑽了進去，阿縯幾個傻乎乎地東張西望，過沒多久，阿平從洞口遞出芒果和蓮霧，阿縯接手後，心癢難耐，也跟著鑽進去。

阿蘭和阿峰也鑽了進去。

阿南看到這幾個小蘿蔔頭跟進來，眉頭一皺。

「這什麼？」阿蘭大驚小怪指著一種沒看過的水果。

「仙桃啦！小聲一點。」阿峰回。

「一定很難吃，都沒人摘。」阿蘭又回。

那一次，阿縝分到好幾個沒有人要吃的仙桃，還得要放一陣子才會軟才能吃。

過了很久一段時間，果園主人從未出現過，祕密通道也早就變成大門，小孩鑽進鑽出，連大人也鑽進去尋寶，能吃能摘的通通都被摘得精光。

比汽水工廠更早蓋好開始招聘作業員的是米全工廠，阿縝的小舅在裡面調果汁奶粉，一直做到退休，那時候的果汁奶粉應該是郭家一號和二號家的牛奶做的，是眞的很香醇，小舅偶爾會送一罐給阿縝媽泡。阿縝媽和閨密紅肉李早期也在米全削過蘆筍，因爲動作要很快，常常削到手，很辛苦；做這個的，十隻手指都不夠削，常常包得像青蛙蹼，其他家事還得硬幹，以前的女人是沒有藉口稍稍停工的。

唸一年級時，讀半天課，阿縝和阿蘭他們會頂著烈日走回家，還好男生有鴨舌帽、女生有圓盤帽可以遮陽，否則走那幾十分鐘的路不曬暈才怪。經過被米全排放污水茶毒殆盡的臭水溝時，會把書包倒揹在胸前，以手勢對著米全的守衛假裝開槍，那守衛受到驚嚇，追了出來。

「猴囝仔！」守衛邊追邊罵。

阿縝一群趕緊跑，邊跑邊笑。

有時候清早上學，臭水溝的水飄著微煙，應該是天氣冷，米全又排放了溫暖的臭水，水面上和水面下的溫度不協調，所以才冒煙。有個穿著連身塑膠防水衣的人會在臭水溝爛泥裡翻攪，阿縝小小的心靈偷偷同情他，就像同情烈日時，大家躲太陽都來不及了，卻還有人必須在大馬路上挖土。那個水溝裡的人，是在挖孑孓，要給魚吃的。

水就是錢

鄉下很少停水，村子裡長久以來喝的就是井水，水錶跳錶也省得不得了，記得大量用水也是洗阿振的尿布時的事。第一個金孫生下來，阿縯爸和縯媽喜不自勝，請來一位洗衣婆幫忙洗尿布，阿縯就愛湊熱鬧，拿個小布巾亂揉一通也高興。阿振的頭跟縯媽和阿明是同一系列，圓圓的很立體，臭汗嬸叫他「阿圓仔」，應該是鄰里間數一數二愛哭的嬰兒，半夜哭起來，全家抱一輪還是哭，慢慢長大時就可愛許多，他會跟縯爸玩「你在哪裡？我在這裡」的遊戲——就是縯爸喊一聲：「阿振你在哪裡？」小孩會把頭鑽進棉被裡，說「我在這裡！」然後縯爸看著金孫的圓屁股假裝找不到，「在哪裡啊？」最後把棉被掀開，小孩就開心激動地大笑，這樣一局可以玩一下午。

農業時代，家家戶戶都用手洗衣服，媳婦跟女兒們的夢魘就在此，都是大家族，待洗衣物是成堆又成山，阿縯家的衣服是大嫂阿梅和縯媽、阿娥合力洗，平常是用自來水洗。阿蘭家最省，週六下午，她會去附近的河溝裡洗衣服、洗菜，阿縝常常會去那裡找她聊天，陪她把衣服和菜洗好，一起離開。

雖然大家生活都不是很優渥，都省，阿蘭是省過阿縝的，元宵節之前，小孩會開始準備做燈籠，這時候能看出哪些小孩擁有創意天分。阿平就會挖空白蘿蔔，把蠟燭點進去，元宵時節，白蘿蔔最多，將一些形狀醜又有點壞掉的拿來玩，倒不會挨罵；阿蘭和阿縝用鐵釘在牛奶罐上敲洞，蠟燭點進去時，光會從洞洞透出來。當然也有人買現成的摺疊紙燈籠和塑膠燈籠，但只要風一吹或蠟燭倒了，就會燒個精光，還是自己做的牢靠。

夏天午後，阿縝去找阿蘭，阿蘭做風箏揮汗如雨下，她正堅定地把竹枝折彎，阿縝看著旁邊的風扇乾瞪眼，因爲自己也快融化，通常自己在家時是會開風扇的，阿蘭卻是一點開風扇的意思都沒有；突然她站起來往穀倉走去，阿縝趁機把風扇打開，阿蘭回來後，趁阿縝別過頭去時，迅雷不及掩耳地把風扇關了。

這天，浩浩蕩蕩的洗衣隊蜿蜒在溪流處，「停水啦！」「眞不方便啊！」方圓幾里包括山腳邊、山腳下、山腳巷的女人們都到附近的溪流集合了，每人手上拎著大桶小桶的待洗衣物。這條溪雖然叫「乾溪」，春季的水量還算豐沛，阿梅和阿娥也來了，阿縝也湊熱鬧，每戶人家找到比較平的溪邊石頭就地洗衣，那陣子不明原因停了好幾天的水，這綿延幾百公尺的洗衣盛況，持續了幾天。

村莊裡的男孩誰沒來這條溪游過？阿明、阿騙、阿雄三兄弟小時嫌這邊水量不夠大，是跑到更遠的烏溪去游，阿明較賊，老潛水到底處拉屎，往上飄時就能打到上層的阿騙。

收破爛的阿牛

阿縝更小的時候，赤腳踩到河床裡是司空見慣的事，拿磁鐵綁一條線，劃過水溝底部，拉起來看看是否沾黏了鐵的東西，可以收集了賣錢。一個綽號阿牛的歐吉桑，總會在黃昏前來阿蘭家的大庭院，全村人有鐵的或紙的東西都可以拿出來賣給他，利潤相當微薄，但也是額外的小收入。像家裡壞到不能再修的家電，就可以拆解掉，鐵的部分賣給阿牛。

阿牛踩的是三輪車，自己做一個鐵罐裡放入小石頭，到的時候就轉動鐵罐，石頭會撞擊鐵罐發出聲響，阿縝他們就知道鐵牛來了。鐵牛雖然一腳跛著，卻能騎動載滿壞銅壞鐵的三輪車，很是神奇。車前面龍頭旁邊吊掛幾個箱子，裡面裝著賣給小孩的糖果，就是柑仔店會有的紅色芒果乾、辣魚乾、塑膠條裡裝了橘子口味的水，還有圓形含起來甜甜的糖果；阿縝他們嘴饞的話，就會把在水溝裡撈到的鐵，最多的是酒跟汽水的瓶蓋，賣給老牛換糖果吃，阿平他們會把瓶蓋用石頭錘得扁扁的，當成牌玩。

阿縝小時候體弱多病，跟阿蘭他們比起來真是弱雞一隻，還好投胎在中藥世家，這腳泡進水溝裡，大家都沒事，她就能感染腫成豬腳，就是瀕臨蜂窩性組織炎那種，阿縝爸也一看就知道要用什麼藥，服了、敷了就好了。

村里過年過節的時候，也會有人挨家挨戶收鵝毛和鴨毛，這兩種毛可以賣錢，所以拔完都要收好。

鄉下的婦女早期都要自己殺家禽，阿梅和其他家的嫂嫂們也都有這般武藝，阿娥這輩的也會，是很抗拒但又不得不的慘烈過程，後來市場可以買到殺好的雞鴨鵝後，這些姑嫂們真是鬆了一口氣，阿縝當時就是負責拔毛。

阿牛老了之後，就沒再看到他出現了。

山腳邊有一個叫阿奎的，也是收壞銅壞鐵的，他騎著腳踏車四處晃，有一搭沒一搭的，後來就消失在村裡，留下妻子阿奎嬸和兩個兒子阿猴、阿建。阿奎嬸千辛萬苦把兒子拉拔大娶妻生子，兒子在田裡蓋了兩棟透天厝，阿奎老了就跑回來養老，阿奎嬸不想接受都不行，阿奎因爲一輩子都不用負責任，遊手好閒沒煩惱，身子老當益壯，反而是阿奎嬸無預警得了肺癌，去蘇州賣鴨蛋。

「ㄟ嘿！ㄟ嘿！」阿奎會騎著腳踏車四處晃，閒到發慌就發出假咳的聲音。沒幾句話就三字經五字經連珠炮地撟（罵），阿猴是流氓常跑路不在家，阿建有兩個黃花大閨女和美妻，實在受不了阿奎的行徑，他把阿奎趕出家門外，蓋了一個鐵皮屋給他住。

阿建：「我如果再聽到你撟一句，就扣兩百，一個月三千元零用錢，看你能撟幾句！」

阿奎感到無趣，變換把戲，叫阿猴的兒子阿榮幫他立一個假墳拜他，教他師公的念辭和跳法。

阿奎八十幾歲還能騎腳踏車到市區閒晃、把妹。鄉下有許多這種渣男，高壽無病無痛地走完一生。

衛生棉黏錯邊

阿縯媽那一輩的會去米全找事做，阿梅這一輩的就去祥立。

阿梅、阿妙嫂、阿峰媽、阿味媽和許多附近的嫂嫂媽媽都去了祥立鞋廠。一開始訂單多得不得了，論件計酬眞是爽了這些平常手腳就很俐落的婦女，幾乎人生的時光都泡在鞋廠裡趕工賺錢。一大早就看到幾個女人騎著腳踏車出門，中午和傍晚回來燒飯、吃飯，就又匆匆地騎著腳踏車出去上工，晚上、假日長年加班，是台灣中小企業經濟起飛的年代。

工廠裡，阿梅和阿味媽阿晶還滿對盤的，在工作上常常被分配在同一組，合作無間、互相掩護，有生產線的活，當然要一人幫忙看著，另一人才能去上個廁所，否則積一堆沒消化，肯定會因爲流籠停下而嗶嗶叫，被開檢討會，阿峰媽那一組就常常發生這樣的事被領班罵臭頭。

「阿晶～妳的褲子……」

「怎麼？」

阿晶示意要去上廁所，屁股剛離座，阿梅就看到她的白色褲子被染紅一片。阿晶一看傻眼。

「這衛生棉怎麼不中用啊，想說試試看的。」

那時衛生棉剛盛行，很多女性第一次使用都黏錯邊，把有黏性的那邊黏到皮膚上。

「妳顛倒了啦！」阿梅一看就知道發生什麼事。

在這之前，女性是用衛生紙墊經血，非常不方便，量多的時候，爆炸見紅是常見的事，阿縜媽那一輩年輕時是用布條，跟尿布一樣，洗一洗曬一曬重複使用。

阿梅去工廠上班，阿縜家裡的工作多半就落在阿縜媽和阿縜的身上，其他戶家裡的工作也都是還在讀書的女兒承包。阿縜住在靠山邊的小學同學阿玉，就是小媽媽，她母親阿貌也在祥立上班，家裡的大小家事和照顧弟弟妹妹都是阿玉一手包辦，阿貌哼哼哈哈幾句說身體不好、不能碰水，阿玉就赴湯蹈火、在所不辭地工作。阿縯他們這群孩子在外玩樂時，阿玉就有做不完的家事，說是乖巧，但阿玉長大後，是怨聲載道的，村裡的這類女孩成年後回想過往，幾乎沒有一個會認同走過的曾經。

有一回阿貌和同事們準備去烤肉郊遊，同事來她家等她，阿玉蹲在地上洗衣服。

「阿貌喔！妳自己要出去烤肉，卻讓女兒洗衣服，要不要讓她一起去烤肉啊！」

「女孩子嘛，本來就要多訓練啊！走吧！」阿貌說。

阿縯雖然不像阿玉這麼操，但也在寒暑假全天帶過阿梅生下的第三個女兒滾滾，那時小孩帶小孩的情景常見，阿縯不像阿玉總是把弟弟妹妹關在家裡，她還是照常帶著滾滾出外玩樂，玩躲避球、跳高、跳格子都照舊，有時回頭看看滾滾還在不在，沒有走丟就好，到遠一點的同學家玩樂的話，就把滾滾放到腳踏車後座，帶上幾片尿布和奶瓶，牽著去玩。

阿縯有幾次回頭一看，孩子真的不見了，就急得四處找，還好是臭汗嬸的二兒子阿彬覺得可愛抱去玩了一會，再一次，是阿燕抱去玩了。滾滾喝的是外國品牌的配方奶，長得圓滾滾，非常可愛，尤其是一雙腿庫，晃起來會讓人的心融化。滾滾不見的後遺症是阿縝常常午夜夢迴驚醒，因爲夢到自己帶著滾滾去學校上課，課上到一半，滾滾哭了，老師和全班兵荒馬亂……

第三部

家人，診所小妹的歲月

兄妹愛打人

阿明是讀農工畢業的。

「那阿明喔！腦筋活得跟什麼一樣！」跟阿明一起長大的進德說。

阿明小時候跟長輩搭車出遠門，聽說不管多遠都可以把路線記住，是絕頂聰明但也沒有用在讀書上。家裡的三畝田是阿縯爸爲了娶阿縯媽的權宜之計，向農會租來的，也不大，跟臭汗嬸家一望無際的田地比起來，是小巫見大巫。所以阿明跟阿騙雖然都是讀農的，卻沒有人要當農夫。阿明舌燦蓮花，容易討人歡心，又是家中長子，當然得做賺錢賺得快的業務工作，他在油漆廠從騎著破機車開始跑業務，最遠跨好幾個縣市也是那台破機車。

「長兄如父。」

阿縯出生的那一刻，阿明直覺把阿縯爸寄來的信丟地上，阿縯爸過世，這無端端的重量就這樣壓了上來，還有未出嫁的阿娥、未娶妻的阿騙、前途茫茫的阿雄。

阿明的喜惡非常分明，衡量標準有其獨到之處。

「我們阿鳳又沒惹他，竟然把人打成這樣。」阿鳳的媽媽上門跟阿繽媽理論。

「阿明！你幹嘛打阿鳳？」阿繽媽氣呼呼地把阿明叫來對質。

「誰教她眼睛瞪那麼大！」阿明說。

阿鳳的眼睛是比常人大許多，但不是水汪汪的那種，是有點凸看起來很像在瞪人的那種。

「啊哇……」阿鳳當場哭聲震天，受到二度打擊。

這種事，阿娥也做過。

阿美：「阿娥喔！眞愛打人，說我脖子上有垢，沒洗乾淨，就打我。」

阿娥：「誰教妳不洗乾淨。」邊說邊幫阿美搓掉脖子上的污垢。

阿美哭：「我沒有洗不乾淨，我是脖子皮膚比較黑而已啦！」

阿娥繼續使勁地搓，阿美吃痛哭更大聲。

阿明的工作跟一般跑業務的人一樣，壓力非常大，又有一大家子拖著，他就特別賣力，也會掐出空檔聽阿縝練習演講比賽，不過是閉著眼睛聽，是閉目養神還是睡著了也不知道，總之就是累壞了。阿縝、阿振、阿君一聽到他下班的摩托車聲，就火速把電視關了，各自找掩護停格做讀書姿勢，阿明的眼神看過來，孩子都會抖幾下。

後來阿明慢慢地跑出成績，受到老闆賞識，升了經理，開始須要喝酒應酬，很晚才會回家，一回家就醉倒，孩子就很少跟阿明互動了。

阿縝爸跟阿明都是非常大男人作風的，阿梅剛開始嫁過來幾年，每天晚上阿明一回家，她得趕快幫他拿拖鞋、備好洗澡水。

阿明是射手座，阿騙是處女座，在受騙上當上，阿明是精明多了，阿騙反而不如其名，已經被茼蒿打成破傷風差點沒命，還是常常發生讓阿明搖頭的事。

兄弟倆一個像急驚風，屁股坐下來沒三分鐘熱度，做事情快速要有進度；另一個則是照鏡子就可以照一早上，出門約好幾點幾分，總是要超過預定時間很久才看得到人。

阿騙長大後越來越古意老實，和以前流氓時期的轉折點是阿縝爸過世，像變了一個人。

本來是阿味的叔叔阿福抽到憲兵，他比阿騙早生幾個月，所以先被徵召，後來吃不下一些操練的項目被退貨，缺額就阿騙補上，下部隊後還抽中了頭獎金門，阿明則在馬祖當的兵，兄弟倆合起來還眞成了金馬獎，不過那時家家戶戶拿到金馬獎不是難事。阿騙在金門還是單打雙不打的炮彈互開的時代，有次在洗澡時，炮彈直竄進來落在不遠處。

阿縝在家裡看到金門高粱酒，就是阿騙當兵那三年的事。

有一位住在埔里的同袍放假回鄉，一路搭船轉車到台中市時，會在干城總站搭公路局，其間一定會路過阿縝爸的中藥鋪，阿騙就託同袍帶兩瓶高粱酒給阿縝爸。阿騙放假回家時問起。

「哪有？」阿縝爸說。

「就你這傻瓜會被騙。」阿縝爸繼續說。

阿騙的破傷風

阿騙小時候的綽號叫「流氓」，因爲他的腦筋不錯，也有蠻力，很快就吸收了許多鄰居小弟崇拜跟著，阿縯媽常常接獲鄰居告狀，有傷兵就得去賠罪賠醫藥費。阿騙很公平，對自家妹妹阿娥也不會太客氣，看阿娥蹲在屋簷下吃飯，迅雷不及掩耳把飯碗劫走，吃個精光，阿娥總是哭得很難聽，啊啊啊的如喪考妣。

這種戲碼每天在黃昏時，阿縯媽已經農忙家忙一天，灶上燒著開水、鍋裡炒著鹹菜，還有一大堆待辦事項得排到半夜才做得完的時候發生。這一天，一道黑影從廚房竄出，另一道小黑影飛奔而去。

「站住，再跑就打斷腿！」

阿縯媽拿著鍋鏟在阿騙背後追，阿騙死命地跑，跑過山川、躍過小橋，往田埂上跑。

「每天就是找麻煩，你再跑試試看！」

母子倆從跑百米競速到馬拉松耐力跑，阿縝媽眞是強，不愧是當年可以在牛背上摔下來屁股開花仍硬挺的咖，阿騙被媽媽的決心嚇到，越跑越驚慌，腿一軟。

阿縝媽在接近自家菜園的田埂上撂倒阿騙，用剪刀腳緊緊纏住兒子的下半身，然後揮拳如雨下。

「跟你說不准跑，還跑，看你還敢不敢！」

阿騙被揍得七葷八素，不輸男人力氣的縝媽絕對不是阿騙能招架的，他痛得哭得震天價響，鄉村裡的家家戶戶都聽到了。

阿娥長大後，也是恰北北，絕對是縝媽的潛移默化，阿騙又來亂時，她索性手裡的阡竿（用竹子削成尖尖的長竿）一揮，像標槍一樣往阿騙背後射去……

還好阿騙身子骨靈活，閃了過去邊說：

「媽～～阿娥恰北北，以後她嫁人就把阡竿給她當嫁妝好了。」

養牛的郭家一號的老爺茼蒿，是個狡猾的農牧商人，在地方上風評不太好，他會生兒子，會賺錢，蓋起了村莊裡第一棟雙拼四層樓別墅，但兩邊各一條龍有阿蘭跟阿味家橫著，想圍個莊園的美夢並無法如願，三家圍成的庭院，門口有仿歐式的圍牆但不能有門，因爲即使和其他兩家的關係並沒有很好，還是得維持暢通的鄉下過家（串門子）式。

有天，阿騙一如尋常午後在孩子堆中玩樂，茼蒿看著看著突生歹心，抓起一塊石塊狠丟向阿騙，正中額頭。

醫院發出病危通知，阿騙傷口引起破傷風情況很危急，阿騙的媽已經茶飯不思、衣帶寬鬆多日，阿縝爸不甘心，把自家祖傳的藥方熬了再熬，求西醫讓進加護病房去灌食，中西醫在許多時候協調上並沒有這麼容易，阿騙的主治醫師和院長倒是通人情。

家裡這邊才四年級的阿娥帶著一年級的幼弟阿雄，晚上兩人擠在空蕩蕩沒有大人的屋裡發抖，說也奇怪，大哥阿明跑哪去了？

阿縝媽向神明發願，如果阿騙康復，將終生吃早齋。

阿縝爸的藥效發揮，阿縝媽跟神明的交易成功，阿騙奇蹟地好了，至今脖子上都留著當時氣切的痕跡。

茼蒿中年以後曾有一次在自家前車子暴衝，身受重傷，阿明剛好經過，不記仇地救了他，阿騙一家人雖然心知肚明，卻也一直沒有跟這戶人家撕破臉，還是和善地相處，茼蒿自己倒是很不好意思。

把妳深深放在心裡

阿騙這些孩子一當兵就是三年，金馬獎也難得回家，每次阿縝媽看到孩子回來，內心是澎湃不已的。

這天，天色快暗了，阿縝媽帶著阿縝忙完田裡的事，走在回家的路上，一股香味撲鼻而來，是河溝邊的野薑花，阿縝媽用鐮刀快速地就採滿一大束。

「媽～是二哥！二哥從金門回來了！」阿縝開心的。

野薑花放到瓶子中，再擺到客廳的神明桌上，滿室芬芳。

阿騙的愛情觀跟阿明也非常不一樣，阿明是追逐與被追逐的花蝴蝶，只要有點姿色的女性，或者逢場須要做戲的恐龍女，阿明都能出招，挑起對方的賀爾蒙指數，心花怒放。阿騙就沒辦法。

「我做人最實在了！」這是阿騙常講的口頭禪。

兄弟倆其實都帥，阿明濃眉大眼，炯炯有神；阿騙長相斯文，各擁不同粉絲團。

阿騙的相冊有一張女性的大頭照，用那個年代獨具的美術設計過的，就是一個像漫畫美麗女性輪廓的黑色剪影中嵌入一個女性頭像，這女孩是阿眞，約莫十六歲，她是阿騙當兵的地方一家照相行老闆的童養媳，因爲漂亮氣質又搭，被拿來當店裡的廣告招牌。

阿眞住的房間跟阿騙軍隊的房間僅一木板門隔開，「軍愛民、民敬軍」常年往來早就混得很熟。以前的軍人跟百姓互動的機率非常多，阿縝就常看到一大列軍人行軍在大馬路上，晚上還在幼稚園落腳睡覺，白天下田幫農民割稻。

「阿眞、阿眞！起床了！」阿騙敲著和阿眞之隔的木板門。

阿眞一大早得到金門街上賣檳榔，年紀小貪睡，常常要阿騙叫她起床，她也會幫阿騙洗衣服。

阿騙的心中有一支道德的量尺，處女座的潔癖，不容許自己越線，也容不得他人越線，縱使覺得阿貞漂亮可愛，但有兩個禁地一觸就亮警示燈：一是阿貞已許配給照相館老闆的兒子，雖然那男子看起來不學無術；二是金門禁止阿兵哥跟當地女人談戀愛，怕敵人藉溫柔鄉探取國家機密，阿貞的姿色有王佳芝的等級，但個性跟頭腦恐怕就差遠了。

阿騙相冊裡的照片是阿貞給的。那天，阿騙在收拾行囊準備移防。

「阿騙！」阿貞邊揮手邊喚。

阿騙其實沒那麼感傷，他心中那把尺好端端地擺著，並沒有牽動一點痛覺神經。至於阿貞，來來去去的阿兵哥這麼多，她可不是每個人都這樣。

「這張照片給你。」阿貞掏出那張照片，約四乘五吋，阿騙認出來，這張的放大裝框版就擺在照相館的櫥窗內招攬客人。

阿騙順手接過，此去渺渺。

「來看！大家來看，我沒吹牛吧！這個女的超美的！」阿績像在兜售產品一樣吆喝。

「眞的滿漂亮的耶～」阿蘭和一伙女同學一擁而上。

阿縝看到阿眞這張照片簡直驚爲天人，電視上看到的明星那麼多，還是認爲阿眞非常好看，勝過那些明星。

小孩就是丟三落四的代名詞，阿騙追著阿縝要回照片，阿縝無言以對，阿騙只好自認倒楣，這種事在阿騙看來，實在不好反應過當，否則就要被看穿心事了。

金榜題名

阿騙終於考上中醫師執照了，準備了兩年，第二次就考上了，同期排排站合照的金榜題名中醫師們，阿騙是最年輕的，其餘都是中年以上的年紀。

藥舖換了新的招牌「仁醫中醫診所」，鞭炮聲此起彼落，「杏林春滿」、「仁心仁術」、「懸壺濟世」、「妙手回春」的祝賀匾額一張張送過來，阿騙這張證書算是與大馬路上幾家中藥房、西藥房的無牌庸醫做了區隔。

阿縝的祖父是個文人，除了開藥店外，也收學生教漢文，方圓幾里內有幾個長輩都是他以前教過的學生，義務沒收錢，所以積了一些人脈福德；阿縝的爸爸早逝，許多以前吃喝玩樂的換帖兄弟尚在且開枝散葉，加上一向對外人好過自家妻小，帳冊上慷慨銷帳的老主顧們，都準備來照顧阿騙的生意。

大馬路上還有一家「大榮中藥房」，是阿縝媽的大哥、阿縝的大舅開的。大舅和阿縝爸妻舅同行，原因是大舅也對中醫有興趣，兩人一起創業研究，開在相距不到一公里的地方，有時候欠了哪味藥，可以互調一下，最常欠的不是常用的當歸、白芨之類，就是不常用到的冷門藥。在大舅和小舅兩家沒有分家產撕破臉之前，兩家的小孩感情是不錯的。阿縝媽去三畝田忙完回程，常常會拐進大舅的藥舖看看大舅和大舅媽。大舅是個非常節省的人，到一毛不拔的程度，阿縝和玩伴玩著玩著經過他的藥舖，看到玻璃櫥窗裡面有個玻璃藥罐，裝著像糖果一樣的中藥，那是給吃中藥苦口的人甜嘴用的，這東西阿縝爸店裡沒有，阿縝看得都要流口水了。

「大舅！那個是不是甜甜的。」阿縝才五歲，還是白目的年紀。

「沒有喔！那沒有甜喔！趕快回家，不要在外面趴趴走。」大舅趕人。

阿縝失望地跟同伴離開。

阿騙是典型處女男，零用錢一張一張十元新燦燦地夾放在不常用到的課本裡，阿娥和阿雄就是能知道哪裡有錢，要吃糖時就會去抽個一張，姊弟倆心照不宣，也不知道是阿騙慷慨不計較，還是眞的壓根就沒發現錢不見，不得而知，那些新燦燦的錢多半是過年的零用錢。

阿繽媽的房間窗戶旁吊了一面圓形小鏡子，就是那種後面有明星朦朧照片的鏡子，阿繽記得有過林青霞和劉文正。全家人一早一定會輪流在這面鏡子前面逗留徘徊，時間最久的冠軍王不是誰，就是阿騙，他的下巴有顆超大黑痣，是註冊商標，這眞是有好有壞，好的是儘管小時候和家人失散，還是能找回來，壞的是還會長毛，除了刮鬍子還得剪痣毛。

阿繽爸的許多荒唐事、阿繽媽的勞碌，小孩們不是沒感覺，阿騙漸漸長大，小時候闖禍的習性慢慢收斂起來，轉換成憤世嫉俗。

「你給我過來！」阿繽爸在馬路對向咆哮，氣得要揍阿騙。

「我爲什麼要過去，我說的又沒錯！」阿騙在對向回嘴，理直氣壯。

阿騙和阿明差二歲，阿明是長孫，是阿嬤的糖酸丸將來捧斗用的，碰都捨不得碰一下，阿明又極度聰明討喜，所以小時候好康的都歸阿明，阿騙就得跟阿明爭。

「妳的二兒子偷了我的錢！」阿騙的阿嬤用客語對著阿縝媽說。

阿縝嬤把兒子給的孝敬錢一張一張十元紙鈔摺疊得整整齊齊，鋪在每天睡覺的床墊下，早晨起床會照例數一遍，她偏心，兩個孫子一起，就只抽一張給阿明，讓阿騙在一旁乾瞪眼，阿騙就趁她不注意，偷抽了幾張洩憤，買了平常怎麼都買不起的玩具手槍來玩。

「你的二兒子偷了我的錢！」阿縝嬤播唱盤似地講給阿縝媽聽。

阿縝媽每天勞碌的活真不是蓋的，客家婦女一時半刻閒下來都還會想些活來幹，但也不是心甘情願地樂意，就是一種宿命。她被阿縝嬤惹煩了，把阿騙抓來審問痛打，因案情重大，阿縝爸也打阿騙一頓。

「妳的二兒子偷了我的錢！」阿縝嬤還在播唱盤。

每播一次，阿騙就又被海扁一頓。阿縝媽趕緊湊了一些錢還給阿縝嬤，這唱盤才止住。

這是阿騙至今被痛打過最痛的一次。

阿騙青少年後，開始轉性，處女座成熟的一面顯現後，開始會體恤阿縝媽，但也是最會跟阿縝爸頂嘴的一個，誰也沒想到，反倒是阿騙接下了中藥舖。

阿騙其實不是很愛唸書，高中唸的是高農的機械科，從小時候的豐功偉業來看，血液裡絕對是叛逆反骨的。高中時的幾個同窗死黨印章、大炮、老奸、阿道，阿騙一直有來往，每到過年就來吃大嫂阿梅的超級美味辦桌。阿梅頂著一家長嫂的名分，不管再累再自掏腰包買菜，說什麼也得讓人豎起大拇指傳頌，後來這些死黨個個娶妻生子，還是每年來報到，一桌都裝不下了還是來，這方面阿騙倒是遺傳了阿縝爸的好客精神，卻苦了阿梅。

來自都市的舞孃

鞭炮聲此起彼落，阿縝爸的拜帖比誰都高興阿騙考到中醫師牌照。

「松嫂！這得辦桌宴客！除了是天大的喜事，還得昭告天下，這樣生意才會興旺。」東吳說。

「是啊！我們會幫你們宣傳，南勢仔、舊正、舊社這些地方就包給我。」尖鼻仔難得清醒不酒醉。

「這辦桌也要錢……」阿縝媽一喜一憂。

「大嫂！別擔心啦！很快就賺回來了，松哥生前爲人海派積了不少福，這點妳是可以放心的。」

中醫診所對面是農會，農會旁邊有個大空地，是農收時堆積穀包用的，平常日就空著，辦桌就在那裡熱熱鬧鬧地進行著。

診所樓上本來是堆積藥包的地方，那時阿繽爸吃完午飯要上樓拿藥材，走到樓梯的一半就爆腦筋跌下樓，阿繽媽目擊，第一個念頭是想不要讓客人來時看到，才使盡洪荒之力把胖乎乎的繽爸揹上樓，就放在藥包旁邊。

「幫我拉一下拉鍊！」

「妳看我頭髮可不可以！」

「腮紅再多加強一些！」

請來辦桌席表演的歌舞團女子在診所樓上嘰嘰喳喳地準備妝髮，阿娥、阿琴、阿鸞、阿娟在旁看得羨慕不已。在她們眼中，那些和好萊塢女明星一樣造型的波浪髮，紅吱吱的腮紅和口紅、彩虹一般的眼影，以及亮片蓬蓬裙就是夢寐以求的。況且，等會還要在絢麗的燈光舞台上載歌載舞唱鳳飛飛、崔苔菁的歌，阿娥一行人不敢直視，只敢用餘光瞪得眼珠都快掉下來了。

其中一個較溫暖的大姊看出這些女孩的心思。

「我幫妳畫一下！」

「可以嗎？」阿娥受寵若驚。

阿姊看是打扮好了，拿出一個化妝箱，一打開還有上下層機關，裡面應有盡有的化妝用具，阿娥和閨密們都倒抽一口氣。

大姊開始在阿娥臉上塗塗抹抹，清秀的臉頓時變了一個人，閨密們都驚呼了聲。

「妳很適合化妝。」大姊說，並把一面鏡子遞給阿娥。

阿娥看著鏡中的自己，打自心裡笑了出來，像後來出道的鍾楚紅。

「快點啦！要上場了！」歌舞團經理在樓梯那端喊人。

「喔！」歌舞團的女人們都應了一聲。

「妳們是哪裡來的？」阿娥問。

「到底好了沒？來不及上場了！」舞團經理聲聲催。

「台北。」大姊說完之後，撩起蓬蓬裙露出紅色高跟鞋往樓下走去，所有的歌舞團女人也紛紛下樓。

「這些花枝招展的女人應該就是台版伊豆的舞孃吧！」阿縝回想。

桌也辦了、歌也唱了、舞也跳了，阿騙正式開業了，鄰里鄉親父老送來的賀匾和花圈擺了好一陣子才撤走。

□

開業後，果然門庭若市，常常一屋子客人裝不下，走廊也都有人在等阿騙看診，診所從阿縝爸開始就只用一個屏風擋住，看診的客人就在屏風裡邊。阿騙一定會先診脈，這是眞功夫，食指跟中指按壓手腕上的血管，帥阿騙做起這個動作眞會迷倒一票粉絲。因爲年輕，氣血充足、耳聰目明、動作靈活，阿騙的針灸功夫更不是蓋的，很快名聲就傳揚千里，非常多外來客慕名而來。

「醫師在嗎？」

不熟的客人會這樣問，本地人看著或跟阿騙一起長大的還是叫阿騙。

阿騙在準備中醫師考試那段時間，就住在藥舖，也顧不得阿縝或其他女性同胞會看到，貼了一張有三顆巨乳的外國女人照片在樓梯下方的隱密處。當時整形和照片修圖還沒盛行，三乳女應該是基因突變使然，阿雄逛到藥舖，也會去感受一番。

阿騙跟阿縝爸不一樣的地方是，他喜歡回家吃飯不吃便當，所以中午、晚上須要有人來換班讓他回家吃飯、洗澡，本來是全家輪流，誰有空誰來換，慢慢地，就變成是阿縝固定的工作了，尤其是寒暑假，幾乎都是阿縝。

堆在藥店二樓較少用到的藥材，是用牛皮紙袋一包包裝著，層層疊疊，只有放的人才能知道藥材確切擺放的位置，有時時日一久，臨時要找哪一味極冷門的藥，也免不了要翻找一下。阿縝曾經被阿騙託付找一味「馬錢子」，說是牛皮紙袋上有寫藥名，翻了一下午，每包藥都打開來看，還是沒找著，阿騙忙一段落，上樓來也翻了一下，才從摺得破破爛爛的折角處找到毛筆寫的藥名，此時兄妹倆的臉更是苦哈哈，這些苦味的藥全翻開時，空氣是苦上加苦，要說如入芝蘭之室、鮑魚之肆的心理學理，是行不通的。尤其用藥壺煎藥時，壺裡翻滾而出的氣味更讓人退避三舍，八分滿的藥汁一定得捏著鼻子大口吞才行，能多快結束這酷刑就多快。阿縝大舅賣的甜甜的糖，就是拿來喝完苦藥後平衡味覺用的，味道類似仙楂。

但古人智者說「良藥苦口」，絕對是至理名言，縝媽一輩子勞心勞力，病痛一連吃遍阿縝公、阿縝爸、阿騙三代的藥方，阿縝一向最怕縝媽有不測，沒了爸，不能再沒媽，幫縝媽拿藥、煎藥絕不推辭，有時候還會邊煎藥邊跟神明說話，希望這藥媽吃了可以馬上好。

阿縝小時候通常很認分地幫忙做家事，但也不是都乖，還是會跟縝媽鬧彆扭，多半是看電視看過頭、偷吃統一麵，或是分派新工作時拖拖拉拉。縝媽忍耐破錶，還是會揍個幾下。阿縝看連續劇看得入迷，試著想，「自己消失一下，家裡人是否會急得像熱鍋上的螞蟻？」，邊想便心癢地噗哧笑出來。思前想後，就是這人跡罕至的二樓苦藥庫最恰當。

假日的早上，阿縝澆完菜圃的水就上二樓閒晃，雖撲鼻的味道讓人喉頭隱隱作嘔，卻難掩報復般地興奮，「中午了，阿騙要回家吃飯，找不到阿縝替換看診所，該如何是好？」，阿縝看著手錶上的秒針一格一格前進，心就越騷動地演著內心戲，照她的意思，這叫「離家出走」，但膽小的她哪敢眞的走到家外面「離家出走」。因怕阿騙臨時上來拿藥會穿幫，她躲到藥櫃後自嗨了一上午……

「妳在這幹嘛？」

是大嫂阿梅，她從容不帶任何情緒地吐出這句話。她來換阿騙回家吃飯，心血來潮晃到二樓，一眼就看到櫃子後的阿縝。這第一次也是最後一次離家出走的計畫，被阿梅以不解風情收場！

就讓我嫁嫁看吧！

阿娥在附近的裁縫車工廠工作得還算順利，越長大出落得越標緻，身材前凸後翹不說，漂亮立體的臉蛋輪廓加上愛漂亮喜歡打扮，她把頭髮留長及腰，綁個馬尾配上精心學習模特兒的走路姿勢，劉海和翹臀相輝映的晃動幅度，引來鄰里的少年郎、阿騙的同學、工廠同事追求者一籮筐，但阿娥喜歡上的人是工廠的領班，這個人有比其他人更大的優勢，就是朝夕相處的呵護。

當時阿縝爸盯阿娥盯得很牢，情書寄到家都是他收，有去無回，男生到家裡找阿娥，看到阿縝爸的敵意眼神就自動消失。但阿縝爸是管不到工廠裡的，這領班雖已有妻小，還是無法抗拒阿娥散發出的天然魅力，起了賊心，想要三人行娶阿娥當小老婆，在還沒明朗化之前，阿縝爸意外過世，阿娥心靈非常需要慰藉，於是斗膽向阿縝媽提了。

「萬萬不可，這是褻祖公的事，我們不做！那種男人，做得出這種事絕不是善類！」阿縝媽非常堅持。

「妳不是一直喜歡做裁縫嗎？診所樓上清一清，就給妳開業，不准再去工廠上班。」

阿娥自己知道這種感情是行不通的，也沒有陷得太深，就聽了阿縝媽的話，在診所樓上做起衣服。

阿娥約莫十七歲的時候，曾經到台北跟師父學過裁縫和服裝設計，當時鄉下也時興學得一技之長，像木匠、美髮、修理腳踏車都是。那時大姑、小姑和叔叔都在台北，阿娥是鄉下人第一次北上，有些惶恐，就去找兩位姑姑。

大姑應該是在幫人家煮飯做家事的傭人，小姑則是舞女。

「阿娥！妳過來！」大姑把阿娥叫到廚房。

「妳見到人不要叫我姑姑，就說是鄰居。」

阿娥知道大姑愛面子，自己的鄉下土包子味會讓她尷尬，這之後，她就沒有在台北再找過兩位姑姑。

阿娥輾轉經人介紹換過幾個師父，因爲有的師父只想把她當小妹使喚，並沒有眞正要教她眞功夫。一位近視很重，綽號「觸目仔」的同鄉在台北學做西裝有一陣子，也沒有給阿娥一些中肯的建議，最後終於遇到一位比較肯教的師父，但這過程已經把盤纏都用光了，每天就吃泡麵果腹。

和阿娥一起學裁縫的同梯，有一位個子非常高大的阿嬌，晚上一起睡覺時，和隔壁的阿碧摸來摸去，阿娥後來才知道那是同性戀。

阿娥已經沒法再吃泡麵度日了，正騎虎難下時，阿縯爸一封信來，大概是父女連心，感覺到女兒的困境，要阿娥回鄉。

雖然辛苦，阿娥還是學到了一招半式，有模有樣地在診所樓上自立門戶。街坊鄰居來訂做衣服的還眞不少，因爲能做女裝的師父其實不多，阿騙和阿娥兄妹倆一人在樓下開診，一人在樓上做衣服，鄰里的人可以一兼二顧，來做衣服順便看個病買帖補藥。阿娥以精湛的技術用絨布做了幾個枕包，阿騙幫客人把脈時，客人手墊在上面，很舒服。

阿娥喜歡做服裝設計，是個愛漂亮、追求時尚的人，她買了一些流行的服裝雜誌，客源主要是鄉下歐巴桑跟大嫂團、同世代的小姐跟女孩，做的服裝樣式範圍很寬，有很古板的，當然也會有跟雜誌上面很像的。她把二樓裝點得很有設計感，完成的成品和布料讓人看了很賞心悅目，很難想像幾年前，這裡擺放過藥材跟阿縯爸的屍體。

阿娥邊做衣服會邊聽黑膠唱盤，她最喜歡唐尼奧斯蒙兄妹的歌，輕快的音樂瀰漫了整個空間，她高興起來會跟著扭腰擺臀。阿娥的閨密們也給她訂做衣服，來的時候可以輕鬆聊天，眞是美好時光。

大馬路對面、阿輝仙診所的隔壁有一家小店，裡面有兩個女人，一個幫人車布邊，一個賣各式各樣的服飾周邊用品。車布邊的阿桑行動有些遲緩，站起來須要耗費一些工夫，所以阿縯如果被阿娥下訂單跑腿來車布邊或買鈕釦、拉鍊時，都盡量找另一個叫「菜姑」的阿桑。菜姑是帶髮在家修行的女人，她總是把頭髮梳得乾乾淨淨，慈眉善目面帶微笑。但這個小店有點暗，只有車布邊的裁縫機上點盞小燈，大概是爲了省電，房間格局又不透光的關係。阿娥會給阿縯一個鈕釦樣本，或用紙條寫好拉鍊的幾個簡單術語，交給菜姑看，就能八九不離十地把正確的東西帶回來。阿縝的美學基礎應該這時候增進不少，光一個鈕釦，相似的顏色和造型就非常多，菜姑有經驗，很快就能拿到一樣的。

有一次菜姑不在小店內，阿縝自己找，把幾十個櫃子都翻遍了，還是找不到一模一樣的，拿了一個最相近、幾乎認不出來哪裡不同的樣式給阿娥，還是被打槍。

阿騙和阿娥兄妹倆都到了適婚年齡，差兩歲的兩人，自然是阿娥先拉警報。那時候的女性像阿娥這樣，二十六歲了還沒出嫁，已經是算晚婚了。同梯的閨密最早婚的是阿鸞，她還是招架不住男人的猛烈追求，帶球嫁，結婚當天穿了超級蓬蓬裙仍掩蓋不住事實。這八卦就隨著風傳遍了鄰里，阿鸞後來把兒子送去加拿大當小留學生，散盡家財丈夫卻不學無術，夫妻感情不睦，小三介入後離婚收場，阿鸞從此不談感情。

第二順位結婚的是阿琴，她是個奔放不羈的人，曾經愛慕阿明，要倒貼，嚇得阿明從床上跳下，逃之夭夭。阿琴的先生是個醋罈子，把她死盯得緊緊的，常常家暴，阿琴後來都在躲避她老公的追殺，也離不成婚。還好女兒嫁給福州人，在美國開中國餐館，躲到那裡算是安全，但因為沒有綠卡，每隔一段時間阿琴還是得回來一下才能再去。

阿娥閨密的婚姻一個比一個還慘烈，阿妙和木匠卡哩卡哩戀愛談得好好的，卻遭阿妙的爸爸反對，嫌棄木匠沒有財產，工作也不夠好，於是應了媒婆，要把阿妙嫁給一個沒聽過的富二代。阿妙是閨密間皮膚最白嫩的，長得也好看，像章子怡，常常有男人一看到她就會煞到，她的桃花應該和阿娥不相上下。

阿縝小時候常跑去跟阿妙睡，白天沒事也會去找她玩，比起阿娥，阿妙在家的時間比較多，卡哩卡哩每次來都會騎著野狼１２５，人未到車聲先到。

阿妙的婚期快到時，阿縝看到阿妙和卡哩卡哩在客廳背貼著背掉眼淚。

後來……

「結婚那晚上，阿妙被那個富二代踹下床，不准她再上床。」

這鄉里就是這麼厲害，什麼八卦都能傳出去。

「說阿妙不是第一次，要退貨。」

「那也太過分了，自己家經營的不就是酒家，還在乎老婆是不是第一次！」

阿妙的第一次不見得是給卡哩卡哩，有一次阿明的同學來，對來找阿娥的阿妙一見鍾情，瘋狂地追求帶她去旅遊，過了幾夜後，向阿妙求婚，阿妙沒有同意。

阿妙離了婚，離開這個八卦之地，到台北工作，行情依然非常好，小學學歷的她，再嫁一位大學生，婚後磨合才發現還是不容易，老公到大陸經商後，包了二奶，但阿妙的婆婆還是跟著阿妙住在北投，所以先生的錢還是有回來。阿妙看開，每天跟同事唱卡拉ＯＫ，活在當下，先生年過半百後病痛纏身，回來找她，她還是接受。

這村莊裡的慘烈愛情還有一號人物，就是阿味的姑姑阿敏。她比阿娥她們大幾歲，山邊有一戶人家阿丹，對阿敏也是一見鍾情，用盡各種方法追求。因爲阿丹長相比較抱歉，身子骨也單薄，條件不優追得很辛苦，終於皇天不負苦心人，抱得美嬌娘歸，新婚燕爾濃情蜜意放閃，卻惹得婆婆不高興，吃醋兒子被搶走，對阿敏千般刁難，說她懶惰不做家事，沒禮貌對婆婆不敬。這婆媳問題的雪球越滾越大，延燒到夫妻的感情，最後還是離婚收場。

阿敏一樣必須避走他鄉，孩子都歸阿丹，雙方後來都再娶再嫁。阿敏又生了幾個孩子，往事再也不想提，但和前夫生的大兒子阿清，與後母處不來，青春期時到外婆家打聽要找親媽，不知是阿味的奶奶狠心不告知阿敏，還是阿敏避不見面，阿清跑到山上自家的農舍中上吊自殺。

「當初離婚官司要孩子出庭作證，阿嬤就教阿清講一些對阿敏不利的供詞，所以阿敏鐵了心了吧！」

這八卦還是從雞蛋縫裡溜了出來。

阿味家的招牌就是「狠」。

不少人上門幫阿娥作媒，如果是比較敬重的長輩介紹的對象，她是會認識看看，篩選到最後，剩下一個阿布。兩人認識了一陣子，也常出去走走，阿娥認爲阿布除了菸癮大了些，其他各方面都不錯，但總下不了走進婚姻的決定，因爲又踩到一個坎——阿布的爸爸娶大小老婆，阿娥擔心這種習性會遺傳。

阿娥很信預兆跟感覺，阿布第一次到家裡來作客，穿著帥氣的白西裝白長褲，卻硬生生不知踩滑了什麼，摜倒廚房的廚餘桶，跌坐在廚餘裡。

阿縯媽看著大女兒一天天地拖著，勸阿娥再看看其他對象。

阿娥和阿傑相親後，決定交往看看。

阿娥的鄰里每年農曆十五輪到作醮，阿傑來作客，沒有跌得狗吃屎，卻一直拉著阿騙和阿明拚酒，這警示阿娥是有的，但被另一種感覺蓋了下去。

「那個家庭一共有三個妯娌、六個小姑，妳還敢嫁？」阿縯媽說。

「我看了他的媽媽，覺得很有緣。」阿娥回。

阿縯媽去阿傑家看過，是蓋在馬路旁的違章建築，一大家子就擠在小小的房子裡。

「妳再考慮看看吧！我才妳大姑和小姑兩個，就被欺負到不行了，何況有六個。」

「就讓我嫁嫁看吧！」

「什麼？」

阿繽媽雖然希望阿娥趕快嫁，但也還是不能讓自己的女兒去送死啊。

阿娥那未來的婆婆說了一口親切的客家話，笑咪咪的，和藹可親，就電到阿娥了。阿繽媽被環境磨得個性很硬，對阿娥很嚴厲，工作非常繁重、很累的時候，曾經把阿娥的頭抓去撞牆，這埋下了阿娥前半輩子的怨懟，也中了阿傑媽媽的計。她眞的很渴望溫柔的母愛。

阿娥執意要嫁阿傑，結婚照是在大馬路旁拍的，非常驚險，矮房子出來就是大馬路，連個小庭院空地都沒有。阿明在照片中臉極臭，無法掩飾對妹妹嫁過去會很辛苦的擔憂和憤怒。

阿娥雖然是阿繽的小媽媽，還是會有大姊的醋意，那種與生俱來想抗拒都難的細微之處。

該隱和亞伯、利亞跟拉結、以掃與雅各，聖經裡手足鬩牆的案例不少，阿娥大阿繽十六歲，是很大一個代溝的時間，阿娥要用自己小時候受到的待遇和阿繽比較，眞的是牽強，但畢竟輩分是姊妹，潛藏在血液中的小惡魔會不經意地向她招手，阿娥就在疼愛和嫉妒的矛盾中掙扎。

阿縝小時候的衣服都是阿娥買的，第一件洋裝是阿娥做的。

阿娥被出嫁時間的壓力追著跑，把情緒發在阿縝的身上。平常阿縝看《小甜甜》，阿娥會跟著一起看得津津有味，但可能是卡通裡的故事情節對應到阿娥的心情，小甜甜和安東尼、陶斯的愛情非常不順，她就將電視轉了台，還有一些生活上的小摩擦，姊妹倆的關係陷入緊繃。

阿縝才小學四年級，還搞不清楚出嫁是什麼意思，當阿娥把東西都搬到夫家後，面對家裡空蕩蕩的臥室，以及診所二樓本來多采多姿的服裝設計室，一陣酸楚湧上心頭。

「原來出嫁是這麼殘忍的事，是一種離別。」

阿縝小小的心靈似懂非懂地進化了一些，她有種愧疚感，阿娥之前會使性子惹她哭，多半是出嫁前症候群，尤其是被趕鴨子上架，不是那種甜蜜愛著對方、擁有粉紅色泡泡憧憬，而是對現實認命、難以言喻的苦楚。

阿縝哭了，似懂非懂地哭了。

阿娥結婚後，婆婆是眞的還不錯，不找麻煩、不囉嗦，說話一樣和藹可親。頭幾個月夫妻也還恩愛，阿娥懷孩子後，半夜想吃什麼，阿傑都會赴湯蹈火地去忠孝夜市買，但除了這個，所有該擔心的事一件都不少。阿傑酗酒、工作不穩定、爲人作保欠債，小姑一個比一個難纏，跟公公相處不睦，連生三個女兒，必須再拚兒子的壓力壓著，且小孩個個愛哭，大女兒育亭哭到脫腸，這些苦，都因爲自己執意不聽勸，無法回娘家說出一句。

因爲阿傑的經濟無法依靠，阿娥還是繼續做衣服，不久屋漏偏逢連夜雨，成衣市場漸夯，阿娥的純手工生意越來越差，心情沉悶時，也是忍不住拿小孩出氣。有天幫育亭洗澡時，已經哭到脫腸的小孩還繼續哭，阿娥心一狠，把小孩的頭整個壓進水裡，剎那間她跌坐地上，被自己無意識的舉動嚇傻。

阿娥把驚嚇過度、哭不出聲的育亭撈起後，自己也痛哭失聲。

「是報應！報應我恨媽媽的心。」阿娥邊哭邊喃喃自語。

□

「阿娟啊！年紀不小了，要不要幫妳作媒？」村裡常走動作媒的阿定嬸問。

「可是我有對象了啊。」

「喔！是誰呢？怎沒看妳跟對方走走看？」

「阿吉的大堂哥。」

「妳是說那個留美的博士，在中研院當研究員的世洋嗎？」

阿娟靦腆地笑了一下。

「眞的假的！你們什麼時候認識的？」阿定嬸疑惑地問。

「去年過年阿吉大伯全家回來走春，我們見過。」

「可是那樣條件的人，應該選擇的人很多吧！」阿定嬸打開天窗說亮話。

「阿定嬸！我有信心，上次我們交談時，他的眼睛認眞地看著我的眼睛，而且我準備去唸專科夜間部，這樣我們的距離就會拉近，您不用擔心啦！」

阿娟是阿娥閨密中唯一沒有嫁出去的，她是個幻想型的人，說話所透露的想法總和眞實世界有段距離，因爲青春期時臉上被青春痘肆虐過，留下了坑坑巴巴的月球表面，但她還算積極補救，做了村裡第一個美容手術，割了雙眼皮。剛割好的那段時間，眼睛腫得跟核桃一樣大，復元之後並沒有爲美貌加分多少，村裡沒有女孩跟進。

「阿娟啊！妳要不要我幫妳作媒？」

因爲世洋已經跟別人結婚一段時間了，阿定嬸才敢再開口問。

「阿定嬸，謝謝您，這次我有絕對的信心。」

「啊~又是哪位人家？」

「隔壁村阿信伯的第二個孫子阿齊。」

「眞的假的！長得高高帥帥在工廠當領班的阿齊嗎？」

阿娟又靦腆地點點頭。

「阿娟啊！妳要說眞的啦！這女人的青春不能等……」

「阿定嬸您放心，我跟他在同一家工廠工作，我們每天都會見幾次面，而且我感覺他的眼光一直看著我。」

阿定嬸終於明白要賺阿娟的紅包錢機會已是渺茫，從此不再過問。

阿娟一直到現在年過半百都還沒結婚，不過眞的是到夜間部進修，拿到專科學歷。

阿娟家的浴室後面就是阿味叔叔夫妻的臥房，也不知道夫妻爲什麼沒有四處查看一下，從浴室的某個角度可以看到臥房裡的一舉一動，這個祕密是從阿娟嘴裡傳出來的，可能阿娟家的其他人都知道，只是心照不宣，但也可能只有阿娟知道。

「阿娟喔！還沒出嫁的女人，看那個眞的很不好。」

「是啊！這樣要嫁眞的很難。」

阿娟看到的自然是夫妻床笫間的事。

阿娥嫁出去後，診所就純粹是診所了。以前阿娥在的時候，阿騙如果要出去辦事，阿娥可以幫忙看一下，簡單的四物、八珍、十全等補藥帖，和一些單賣的藥材，阿娥都可以幫忙抓，阿繽後來加長時間待在診所後，也是會幫忙這些。用刀片片當歸實在太慢，機械越來越發達之後，阿騙買了一個滾輪式的當歸機，就是把整棵當歸放進滾輪，裡面有刀片，手動轉動把手，滾輪的刀會片下一塊薄當歸，再把原來的當歸反覆放進去滾，直到剩最後薄薄的一片，再換棵當歸滾。診所生意好，當歸又是最常用到的藥引，阿縝只要有空，就是在滾當歸。

看診所的日子

阿縝看診所的時間，大多是阿騙回家吃飯、洗澡的時候，家裡和診所路程約莫兩公里，如果來了一個客人，阿縝會照阿騙教的，請對方坐一下、等一下，如果來了第二個客人，阿縝還是這樣說，如果時間過得有點久，阿騙還沒來，阿縝就會打電話催。當時村裡有電話的家戶不多，阿騙診所先裝了一個，但是家裡沒有，隔壁只有員外家有，所以阿縝打給員外家，員外家的人再隔著牛欄大聲呼喊阿騙，叫他趕快去診所，通常是員外本人接的電話兼大聲呼喊。

「不好意思，醫師回家吃飯，請坐一下，他很快就來了！」阿縝像唱盤重複播放。

滿間滿室的客人，有時候會等得不耐煩，就走了。

阿騙是慢郎中，洗澡像洗金浴一樣，他賺了錢之後，買了一台收音機跟一台電視，客人等待的時候，可以看電視打發時間，的確是明智的決定，那時最夯的戲是《楚留香》跟《一代女皇》。

在買腳踏車之前，阿縝是用阿娥出嫁後留下來的腳踏車練習，平常是阿梅騎去工廠上下班用，假日的空檔，阿縝就繞著庭院秋收成堆，用黑膠布蓋住的穀堆練習，摔了好幾個晨昏後，終於會了，骱邊（大腿內側）也瘀青一大片。

冬夜是阿縝最折磨的時光，家到診所的路會經過稻田、牧草園跟廢棄果園，沒有路燈。平常會有路人和阿縝一起走這段路，但寒冷的冬夜或雨夜，是阿縝獨自對抗這雖不長但恐怖的天堂路，怕的是鬼、色狼和狗。前兩者沒出現過，狗倒是一堆，阿縝通常是快踩腳踏車後，兩隻腳抬高高，再快踩，再抬高高地回到家。

阿雄有時候會晃過來看看診所，他國中畢業沒有繼續升學，混了幾年，當兵之後，個性比較穩定，終於願意到工廠工作。阿縝媽幫他存錢買了一台野狼

１２５上下班騎，不過一年換二十四個頭家，工作都做不長久。阿雄是個感性的人，他有理想在遠方，但沒有聽他說出來過，小時候曾經吃滿口的肥皀企圖自殺，被阿縝媽和阿騙發現。

阿雄帶了幾塊卡帶來，用診所的收音機播放，唱的是張艾嘉的〈童年〉、包美聖的〈看我！聽我！〉這些歌，阿縝只喜歡〈童年〉，反覆播放這首歌。

池塘邊的榕樹上　知了在聲聲叫著夏天
操場邊的鞦韆上　只有蝴蝶停在上面
黑板上老師的粉筆　還在拚命嘰嘰喳喳寫個不停
等待著下課　等待著放學　等待遊戲的童年

阿縝還記得第一次穿吊帶百褶裙，那新衣服的味道。小學一年級是阿卿姊他們幫忙帶去學校報到的，第一次月考是什麼東西都不知道，還跑到老遠看阿蘭寫什麼。午休上廁所經過丁班表哥阿隆的教室，全班都扛椅子半蹲。阿縝的導師陳阿貞，是個溫柔小女人，沒有處罰過他們乙班。

剛上小一時，大家都傻傻的，最喜歡玩的就是盪鞦韆，全校就三只鞦韆，離一年級教室最近，下課鐘聲一響，坐最後排最靠近門的阿恆最具優勢，如果衝得夠快，就能搶到鞦韆。有時候一人攔三只，分給自己的好朋友，盪起來大家比高，然後在最高點時跳下，完美落地。

好幾次大家都佔不到鞦韆，是因爲一個還未上小學的小孩在玩，她住在學校旁的山腳，一大片田過去就是她的村莊。她一大早趁大家在上課時，就把三只鞦韆握在手裡，阿緞好說歹說都勸不動小孩分一只給她玩，只好退而求其次玩溜滑梯、單槓或地球。淑青、阿蘭她們很厲害，頭跟身體可以在單槓上繞來繞去，常讓阿緞歎爲觀止，「眞是欠栽培，如果學校有發展體操教育的話，她們或許可以參加奧運也說不定。」

「地球」是外觀像地球的鐵製旋轉大型遊樂器，多半是男生在玩。裡面可以坐人，外面幾個同學幫忙推拉轉圈，越轉越快時，外面的同學會雙手吊上去跟著離心力轉，身體會飛起來，很驚險刺激。果然有人因此掉下來受傷，好像很嚴重，學校就把地球給拆了。

福利社裡面什麼都有　就是口袋裡沒有半毛錢
諸葛四郎和魔鬼黨　到底誰搶到那支寶劍
隔壁班的那個男孩　怎麼還沒經過我的窗前
嘴裡的零食　手裡的漫畫　心裡初戀的童年

三年級以後有些事才慢慢開竅，考試差一分滿分，拿到第一名獎狀。

「第一名！」鄰居大哥哥阿財叫阿縝。

「為什麼叫我第一名？」

「因為妳考試第一名阿！」

阿縝有點不好意思，不過她發現這是一個好方法，自從自己功課嶄露頭角之後，阿味就不敢使出殺手鐧了，因為鄰居阿進嬸說：「不容易啊！沒了爸爸，還是上進乖巧的孩子。」

阿縝心想：「原來功課好，很多人會出來保護妳，學校的老師、同學，還有鄰居，我要一直好下去。」

升小二時，心臟病開刀失敗過世的步忠，他哥哥步祥大阿縝兩歲，是高年級的導護生，午睡時候會巡堂經過阿縝的教室。他手臂上掛著橘色的環布，非常帥氣，一旁白白淨淨長相的學姊和步祥交談有說有笑，阿縝第一次有了羨慕又嫉妒的情愫，但也搞不清楚那是什麼。曾經，步祥難得出來跟村庄小孩玩紅綠燈時，偶爾會護航一下阿縝，後來步祥全家決定要搬走，那個暑假阿縝的心悶悶的，因爲從未來過阿縝家的步祥，竟像來道別一樣，和阿縝聊了幾句，但阿縝還是不太懂那是什麼意思。後來阿縝長大後，特別被萬芳唱的一首歌打動，每次聽都會想起步祥，那首歌叫〈斷線〉，歌詞是：

風箏不該有名字　辛子不該過河
流浪不該有什麼方向　旅途中　寶貝你別回頭
童年不該長大　姑娘不該年老
鄰居不該在那年搬走　落淚時　情人你別掉頭

走過的路是一串深淺分明的腳印
寄出的信是一張收不回的心情
不知去向的是忘了昨天的我　愛過的是斷了線的妳

這首歌的ＭＶ，是一個綁兩個麻花辮的小女生，在紅磚砌成牆的小巷和廢棄的平房裡穿梭，長大的女子重回舊地緬懷小時候的身影。科技發達後，阿縝用了所有的網路資源和通訊軟體搜尋步祥的名字，從ＭＳＮ、Plurk、ＦＢ、LINE到WeChat，毫無所獲。她想，是否哪個午後，步祥曾經回來，站在門庭前，回想著過往……

三年級導師白白，是個外省歐巴桑，兇起來會賞同學耳光，非常恐怖。白白喜歡吃肥大腸，阿縝和幾個功課好的同學得在考完試的下午到學校幫她改考卷，改完順便幫她洗生的肥大腸，很臭、非常臭。

溜滑梯事件，如果可以，阿縝這輩子都不想再提起。她和阿蘭一向比較合得來，阿蘭和表姊阿味合不來是長大後阿蘭自己說出來的，她說阿味蓋高尙，會瞧不起人，連表妹也深受其辱，難怪阿蘭總愛和阿縝玩。小三時，教室旁邊的大木棉樹長滿花，每隔一段時間就掉下一批，小孩會撿來玩，阿縝和阿蘭相約玩溜滑梯，阿縝先溜，溜到一半發現下過雨後的底台留有一灘水，反應算快用腳卡住沒有繼續往下溜，一回頭……

「不要下來！」

聲音還在空中迴盪，阿蘭溜下來把阿縝衝到水窪裡，屁股、褲管全濕。午休時，阿縝跟導師白白說：「我要回家換褲子，因爲褲子濕答答。」這一趟回家三公里，來回六公里，一個午休時間不知道夠不夠。阿縝動身回家後，白白問阿蘭事情原委後，賞了她一耳光，五指印印在臉上，阿縝換完褲子回教室都還能隱約感覺她紅色的臉在發燙，阿縝愕然，不知白白會來這招，還好阿蘭不記仇，之後還是跟阿縝玩。

白白應該是私心喜歡功課好的阿縝，她在班上挑出阿玉、阿麗、阿縝，訓練她們演講、朗讀，除了學校功課，阿縝要背白白寫的演講稿，「校長、各位老師、各位同學，大家好，今天我要演講的題目是『保密防諜』，『保密防諜』。

保密是保守國家機密，防諜是防止匪諜的滲透……」白白會無預警抽背，阿縝常偷懶沒背，就騙說感冒喉嚨痛，通常可以蒙混過關，阿玉和阿麗都乖乖地背完，白白非常滿意，派出去比賽常拿第一名。但白白眞的很厚愛阿縝，她還是派阿縝去朗讀比賽，因爲可以看著書唸不必背。

「風和日暖春光好，結伴遊春郊，你瞧，一彎流水過小橋，兩岸楊柳隨風飄……」

抽到第一號太緊張，劈頭就朗讀，沒有問候校長、各位老師、各位同學，卻還是得到第三名。

阿明雖百般抗拒么妹的無預警到來，卻也接了長兄如父的緊箍咒，要說這沒有影響他決定結婚對象是假的，當年沒敢娶外省大小姐，思慮多少也有這一層。他早期跑業務眞的是累得狗吃屎，拚酒拚菸把肝腎都損了，空檔閉眼休息，還叫阿縝演講給他聽，不時微笑點頭，假裝有在認眞聽。

國中時，有一回家長日，阿明竟然來了，阿縝想起都要哭了，大哥很威嚴，臉上肌肉跟鋼鐵人一樣硬，配上兩顆大眼睛，不怒就能威，一怒更讓人肛縮，他要阿梅每天檢查阿縯的書包，是一種關心的象徵。高中聯考時，無預警帶著一家子到考場幫阿縯加油打氣；阿雄出事後，阿縯在外租屋時，無預警地把妹妹的房租結了，東西都載回家。阿縯看著空蕩蕩的房間，才知道已經結了的房租又結了一次，當時因爲阿雄的過世，傷心萬分，什麼都不想爭了，就隨便他。

阿縯到四年級時換了晶晶當導師，五年級時仍被派去演講比賽，遇到丙班的又成。又成是他們班導師阿信的兒子，小一剛入學時，全校運動會由小一生表演大會舞，女生和男生都不想牽手，用一根乾草兩邊牽著跳。在等進場時，一群女老師就咕嘰咕嘰地逗頭上綁了沖天炮的又成，「啊！是又成嗎？」「在哪裡？」「好可愛喔！」阿縯當時還小不知道這傢伙有特權背景，不過他應該也不愛如此，包袱也挺重的，六年級時，他老爸還到阿縯班找棍子要揍他，因爲原本的已經被打斷。

又成這場演講比賽眞是假掰到極點，就是類似大陸樣板戲，《色，戒》裡王佳芝跟鄺裕民演舞台劇的那種講法跟演法，也不知道他老爸找了哪位高手來指點他，得了第二名，算他狠！

又成一家子都是阿縝家診所的常客，阿騙回家吃飯、洗澡時，他跟他媽媽也等過幾次，他就坐在走廊的摩托車上，眼睛瞪得老大四處張望。聽說他有音樂天分，他老爸想栽培他成爲莫札特。

總是要等到睡覺前　才知道功課只做了一點點
總是要等到考試以後　才知道該唸的書都沒有唸
一寸光陰一寸金　老師說過寸金難買寸光陰
一天又一天　一年又一年　迷迷糊糊的童年

若說這童年迷迷糊糊地過，多半跟導師有關。晶晶和其他老師一樣，都住在學校旁邊的教師宿舍，數學課不上數學，浩浩蕩蕩帶著一班同學去她家前面的庭院拔草，上課上到一半，還會叫阿縝去她家廚房看看瓦斯關了沒。

阿縝班上有位同學叫邱小惠，住在阿玉家旁邊山腰處，患有腦性麻痹，頭會止不住地前後左右點，父母太心疼，百般寵愛，約莫小學四年級時，所有小孩千篇一律帶便當、蒸便當、抬便當、吃便當、洗便當的日子被第一碗牛肉泡麵香打破。

「是誰？」全班一起發出同樣的問號，口水都淹到喉頭，雖然口裡嚼著飯菜。

在那個不管乾吃還是泡統一麵都會被父母罵的年代，邱小惠同學擁有第一碗午餐的牛肉泡麵權，而且時不時就泡來香死人。

她雖然腦麻，但不影響功課，有時候還會衝到前三名，當時醫學常識不盛行，同學們都認爲很神奇。仔細看，她雙眼皮很深，眼睛大大的，皮膚白皙，如果不是腦麻，肯定是個美人胚子。邱小惠說話時因頭腦晃動，會斷斷續續，要很認眞聽才能聽懂整串話，一位新來教社會的科任男老師很雞婆，妄想試試幫她停止晃動。

「是脖子的問題嗎？」雞婆老師喃喃自語。

只見他伸出兩手掌固定住邱小惠的頭，全班譁然。從一年級第一次入學，阿縝從沒歧視過邱小惠，因爲大家年紀都很小，就自然而然習慣她的與眾不同，可其他同學並非都如此。廖阿寶就取笑過她，阿縝用餘光偷瞄坐在斜對角的廖阿寶，正呈現眉頭緊鎖、嘴角上揚的怪異表情。

邱小惠被雞婆老師兩手用力箍住的頭果然可以不晃，但表情有點痛苦，是一種委屈的痛苦。她是獨生女，父母肯定早已遍訪過名醫醫治，在這之前，她始終保持笑容，阿縝總認爲她笑起來可愛，這是第一次看到她露出痛苦的表情。

雞婆老師手將放開的剎那，廖阿寶吞了一口口水，像簽樂透即將開獎般的期待。

他手一放……邱小惠的頭像被旋緊的橡皮筋鬆了後，快速點晃了幾下才回到原來的步調，雞婆老師反覆試了幾次後才放棄。阿縝的怒氣已經升到胸口快要火山爆發，下意識轉頭看了坐在斜後角的惠美，她此刻眼白的部分特多，幾乎看不到黑眼球，大概瞪雞婆老師瞪到眼珠說要掉下來也不爲過。

班上有幾個女同學像惠美、淑青，都是很有愛心的小孩，大家一起玩時，會特別顧慮到邱小惠，她可以玩的就會盡量邀她玩，譬如沙包。

有一陣子流行打彈珠、踢格子後，操場跑道、樹下或瓜棚下都刻了深深的方格痕，小學生就是這樣，流行起來就一股腦，連貝殼都拿來當彈珠打。流行玩沙包時，各式各樣手作創意沙包出爐，沙包裡不一定放沙，有裝米的、稻穀的、綠豆殼的，連小石頭都有。

圍一圈玩沙包時，頭跟頭碰在一起的機會非常多，「額……蝨母～」美華大驚小怪地呼喊。她看到一隻蝨母王在阿桂的髮絲裡亂竄，阿桂也是幼年喪父，家裡一大堆兄弟姊妹都很小嗷嗷待哺，不像阿績爸走時，阿明都在賺錢了。阿桂媽無能爲力，家裡只好靠救濟或自己努力打零工維持家計，窮得太離譜，阿桂身上常常發出尿騷味，頭髮自然長出蝨子王。「牠跳過去了！」美華拔腿就跑，她目睹阿桂頭上的蝨子王跳到阿績的頭髮裡，很快地白色的蝨子蛋就蔓延開來了。

「壞了！」績媽說完這句話，就去張羅殺蝨子的藥跟器具。只見她拿一條布巾跟一瓶味道很嗆的油，在阿績頭髮上把油拌勻後，包上布巾，綁得牢實，半天不能拿下來，因布巾花色很老土，阿績臉很臭。熏死頭蝨後，用極熱的熱水燙頭髮，就大功告成，但那幾天睡覺要和績媽頭尾對調，免得蝨子沒死絕爬到績媽頭上。同學間，有聽說用殺蟲劑噴頭髮的，也太慘烈！阿暖綁了好幾年的辮子，也因爲長了頭蝨剪了。

通常學校流行玩什麼，村莊裡課後就玩什麼，村莊裡流行玩什麼，也會帶去學校流行。阿纘小學時，大家還在喝生水，玩得滿身大汗時，水龍頭一開，就咕嚕咕嚕喝。四年級教室前面有一個水龍頭，下面蓋了個水槽，常常到下午時，跟福利社一樣擠滿人，能喝上一口水就謝天謝地。水槽裝滿流下的水，下雨天後會溢出來，有一次教務主任在那裡幫一位低年級女生沖洗，因爲她大便在褲子裡。

流行最久、玩不膩的球類非躲避球莫屬。剛開始是一群人在界線裡面，兩個人在外面用球打界線內的人，球過來、人過去，球再過來，人再過去。淑妃、阿玉和阿麗這幾個頭生的小孩，發育快、個頭高、力氣大，常常把人打得鼻青臉腫哇哇叫。

後來體育老師教兩邊兩國的玩法，更是驚險刺激，拓展到甲、乙、丙、丁四班的競賽互打，更讓人著了魔，每次體育課老師問「要玩什麼？」，答案一定是「躲避球」。揮球的方式有各家拿手流派，除了一般傳統單手從腦後向前擲出外，阿玉發明右勾法，就是右手拉到背後，像鉤子一樣平行向前甩出一個幅度，這有變化球的意味，看著右前方的人，結果是左前方中招。阿玉果然文武雙全，連打躲避球都用智慧。淑妃則用壘球擲遠的力道打人，也很可觀，她蟬聯了好幾次縣運壘球擲遠冠軍，應該是家裡種有一望無際的菸田練出來的。男生到高年級時迅速發育，有些鐵手臂一揮，眞的會打傷人，常常因此而結下梁子，在操場就幹架起來，漸漸失去初衷樂趣後，也退了流行。

冬天休耕期，大孩子阿平會提議大家去田裡玩騎馬打仗，分成兩國，比較大的阿平和阿新當領頭，兩人猜拳選人，差不多年紀的歸一組，猜贏了就先選。像阿縜和阿蘭是同一年級的，阿平猜贏了，通常先選阿蘭，因爲是他堂妹，阿縜就歸阿新。有時候會有顧人怨沒人要的，像愛哭又愛跟路、每次拖垮大家計畫的宜靜，就要看誰佛心收留她。有一次大孩子領著大家準備到甘蔗田偷摘甘蔗，一路縝密策劃誰把風、誰下手，還有逃跑的動線。

「萬一眞的碰到警備，我們就分散逃，知道嗎？」

進到甘蔗園，就像軍隊銜梅疾走一樣愼重，阿平正要對一根肥美的甘蔗下手時，「哇！」宜靜大小姐尖叫聲後哇哇大哭，一條雨傘節從她腳邊滑過，阿縜在旁也嚇到腿軟。不遠處哨子聲響起，孩子們火速撤退，宜靜邊跑邊哭，被警備逮住盤問一番後，供出相關人等，還好甘蔗還好端端地長在甘蔗園裡，警備予以警告就走人了。

騎馬打仗的玩法是一個人當「頭」站著，第二個隊員彎身抱住「頭」的腰，第三個隊員彎身抱住第二人的腰，以此類推。另一隊的頭從不遠處快跑跳上這條人馬的背上，第一人往前挪到站著的頭旁邊，第二人再接著跳上，直到全隊都上馬，然後頭跟頭猜拳，贏的那隊可以騎馬，如果在猜拳之前有馬撐不住軟腿，就再重來一次。這在油麻菜花田玩最好玩，跌下去有油麻菜當墊子，比較不會痛，也有一番詩意。

分兩國的遊戲很多，像晶晶、十二生肖，兩者是姊妹品，前者用充電爲基礎，先從基地跑出去的人，如果被對方後出去的抓到，就要被帶回對方基地；誰先被抓光就輸，出去後可以再回基地充電，又是新的，也可以到對方的基地救同國的隊友。十二生肖就很益智，跟下象棋的原理一樣，鼠最大，怕的是豬，每一個隊友都被分派一個生肖，所以要互猜誰是什麼生肖，互相碰觸時，要亮出自己的生肖，輸的就要被帶回敵國。小時候這種遊戲，就能看出誰的頭腦好，不一定學校功課好頭腦就靈活，阿鑌長大後，曾經跟警察朋友玩這個遊戲，輸得心服口服。

沒有人知道爲什麼　太陽總下到山的那一邊
沒有人能夠告訴我　山裡面有沒有住著神仙
多少的日子裡　總是一個人面對著天空發呆
就這麼好奇　就這麼幻想　這麼孤單的童年

四年級，阿玉和阿麗已經情竇初開，阿縝卻還沒有。

週三中午放學，艷陽高照。

阿玉：「我們來玩眞心話大冒險。」

阿麗：「好哇！」

阿玉：「我先說！我喜歡的是林志洋。」

分明大家都比較喜歡林志洋，因爲他長得帥、功課又好，小時候認爲帥的標準是白白淨淨。這已經被阿玉說走了，還怎麼眞心？

阿麗：「楊進環！」

慘了！班長林志洋和副班長楊進環都被說走了，本來想還有個楊進環可以說，現在都沒了。

阿縝支支吾吾半天！

阿玉：「快說啊！」

阿縝被逼急了。

阿縝：「張振隆。」

阿玉和阿麗很滿意地笑了。

隔天上課，留著大黃鼻涕的張振隆跑來阿縝身邊晃來晃去，原因無他，就是阿玉和阿麗把眞心話都傳出去了。

阿縝第一次感覺到愛情不是兒戲，愛情不能勉強、愛情不能隨便說說……

陽光下蜻蜓飛過來　一片片綠油油的稻田
水彩蠟筆和萬花筒　畫不出天邊那一條彩虹
什麼時候才能像高年級的同學有張成熟與長大的臉
盼望著假期　盼望著明天　盼望長大的童年
一天又一天　一年又一年　盼望長大的童年

「聽說阿玉的MC已經來了。」總之，鄉下人是沒有祕密的。

大家都開始在談戀愛了，阿縝也認眞地想了這個問題，她要喜歡誰呢？

診所附近有一家書店，阿縝開始租少女漫畫來看，《小甜甜》卡通的愛情故事已經在小學生間風靡了，原來這些講歐洲愛情故事的卡通和漫畫，都是出自日本漫畫家的手，小小年紀就能跟著劇情的起伏感到心痛跟浪漫。長大後的阿縝重看《小甜甜》，還眞討厭那個安妮，心機鬼。

阿縝的表姊阿霞擁有排起來可以高過一個人的整疊少女漫畫，她借給阿縝看。有天，阿縝要燒熱水時，表姊的漫畫整齊地放在灶前。

「整天不讀書，就看這尫仔冊！我說過了，再看就是燒掉。」阿縝媽咆哮。

記得當時有一本漫畫，故事類似電影《我倆沒有明天》，男女主角愛得死去活來，最後悲劇收場。阿縝似乎對愛情有些啓蒙，認爲這才是愛情眞正的面貌，青春期後，迷上金庸的小說，對阿朱和喬峰的愛情最有感覺。

阿縝二年級時，愛上畫畫，自從看了《小甜甜》那一類少女卡通，以及和表姊阿霞交換看少女漫畫後，就開始畫起來。坊間出了一種描邊的少女畫冊，讓人塡滿顏色，阿峰的姊姊阿蓮收集了好幾本，最新品都從她那裡流傳出來，那陣子阿縝早晚都泡在她家塡色。

當時還流行紙娃娃，就是柑仔店會賣的一種紙模型，把人物和衣服配件都用裁刀裁好輪廓，要玩時，拔下來，衣服上有兩個摺點，可以掛在人物的肩上，同時有好幾件衣服可以替換，可以拿來扮家家酒。阿縝後來都自己畫來玩，不必花錢，也畫給阿蘭她們玩。有一陣子，發現有人的畫風跟她很像，心裡不舒服，覺得被模仿，調查後，發現是坐在後面的慧君畫的。從那之後，阿縝畫新造型的娃娃都會用手遮起來畫，小氣巴拉地不給人學。

「紙尪仔半夜會自己站起來玩……」

阿巧像巫婆一樣宣告這個謠言。

「聽說和她們對上眼，就會不明原因死掉！」

阿味接著加碼造謠。

一夕間，所有買的、畫的紙娃娃全都被銷毀，從小孩的遊戲中銷聲匿跡。

家裡用來燒開水洗澡、喝水的灶，過年前還可以蒸年糕、炊蘿蔔糕、烤蕃著，也燒過阿縝青春期時初戀的日記。

「喂～請問找哪位？」電話那頭。

「找陳定文！」阿縝說。

「我就是！」

阿縝心臟快從嘴巴跳出來，她好不容易弄到陳定文的電話，是淑妃透過她男友的關係拿到的。沒錯，小學五年級，班上幾個女生已經談起戀愛了，不過就僅止於見面交談的關係。阿縝看大家都這樣，所以認眞地選了陳定文當對象，就是那種瘦瘦高高、氣質斯文又長相清秀的。她在阿騙回家吃午飯的時候，從診所打了電話。

「那～你知道我是誰嗎？」阿縝不敢說自己是誰。

「是哪位奇女子嗎？」哇塞！小六的男生竟然這麼油條，長大一定是個情聖兼花心大蘿蔔。

阿縝聽到這句話，心花怒放，但語塞，畢竟是個保守老古板，怎可能接得了這句話，就把電話掛了。

這不知所云的遊戲，在陳定文國小畢業後，落幕。

五、六年級都坐在阿縝旁邊的是淑青，她就是個安靜、沒聲音，每天本本分分過生活的小學生，也不知怎麼電到甲班的楊常進，是那種無賴樣、看起來很討人厭模樣的男生。他每天跑來找淑青，一下課就來，淑青不堪其擾，趴在桌上把頭摀住，不予理會，常進索性霸佔阿縝的位子，死活不肯起來，像無敵橡皮黏糖。

阿縝比淑青更氣。

淑青到小學畢業才甩掉常進。

阿玉發育得早，胸部在小學已明顯隆起，長得也好看，晶晶選她當班長時，恰北北的風聲名聞遐邇，也引來高一屆的流氓大哥阿山，個頭不高但下盤很健壯，應該擅長彈簧腿掃人。阿山追阿玉很直接，常常出沒在山腰附近堵她，那段時間，卒仔男同學都癟嘴，不敢再叫阿玉「澎奶仔」。

半生不熟的小學男生的心理，是「愛食假細膩」，喜歡阿玉不敢追，跟拉辮子一樣的道理，近不了身就隔空挑釁。長大後，高中一畢業，阿恆就打電話到阿玉家求婚，小學時他就夠有種，當著阿玉的面說長大要娶她。阿恆只有身高高人一等，搶盪鞦韆常得手，其他都不如阿玉，自是被打槍徹底。多年後的同學會，有阿玉就沒有他。

阿縝六年級準備升國中時開始去補習，因爲阿騙診所賺了錢，阿縝又會讀書，又肯幫忙，阿騙決定栽培阿縝。鎮上就一家台大外文系畢業的鄉親開的育明補習班，附近幾個國中小的學生都在那裡補習。這補習時間常常跟傍晚六點播出的卡通撞時，《湯姆歷險記》阿縝是邊走在騎樓，邊一戶一戶的電視看過去看完的。

昨夜星辰昨夜風，畫樓西畔桂堂東。
身無彩鳳雙飛翼，心有靈犀一點通。
隔座送鉤春酒暖，分曹射覆蠟燈紅。

嗟余聽鼓應官去，走馬蘭臺類轉蓬。

阿縝在看診所順便溫書時，最喜歡看參考書上附帶說明的唐詩宋詞，還配上很有意境的圖跟照片，有天地之悠悠的寂寥和美。

母親的木櫃

阿騙照理說是鄉里間的黃金單身漢，長得眉清目秀，每天大清早就出門打網球，身材也算得上是猛男。他和阿明兄弟倆，高中時就是運動場上的贏將，一個攻短跑，一個攻游泳，多半遺傳至繽媽，以及她後天的培養——繽媽穿過山、越過橋把阿騙撂倒在田埂的戲碼，歷歷在目。

阿騙擁有短而翹的屁股，最喜歡穿一件短到不行的黃短褲，寬鬆的褲管透風涼。有天，阿繽體育褲洗了、晾了還沒乾，就偷穿黃短褲去學校上體育課。小學女生慢慢接近生理期時，開始會害羞，不像小時候可以穿著黑色短燈籠褲（其實是內褲）就招搖逛大街，藍色百褶裙裡一定要穿件體育褲才踏實，騎腳踏車時風吹多高也沒在怕。但阿騙這件黃短褲實在短得離譜，往上拉，阿繽的下臀肉會透出一小截，往下拉，內褲頭會跑出來，奔跑晃動時，寬鬆的褲管管不住內褲見光。

那堂體育課，生不如死，手上忙不迭喬褲子。

夏天的烈陽把衣服曬得香香的，是一種天然的陽光味道。阿縝從長竹竿收下全家衣服疊好，憤憤把黃色短褲塞回衣櫥屬於阿騙的那一格。家裡一些經常換洗的衣褲和毛巾都放在這個木製衣櫥裡，櫥子緊靠縝媽的床頭，阿縝也睡在這裡。清早、晚上，一家子會來這裡開關一番，輪番對著放在窗戶旁、用鐵釘鉤在牆上，背後有明星照片的小圓鏡擠眉弄眼邊高歌。阿縝家是K歌家庭，從縝爸開始到最小的阿縝，都能走到哪、唱到哪，人還在巷口，歌聲先進家門。阿縝五歲前因縝爸愛風神〈愛現〉，常被拱站上桌子載歌載舞取悅客人。鄧麗君的〈南海姑娘〉、鳳飛飛的〈可愛的玫瑰花〉、劉文正的〈諾言〉，才四、五歲的小孩，未知歌中意，卻唱得如痴如醉，觀者無不嘖嘖稱奇。

鄉下也流行「卦香」，就是導遊找滿一遊覽車的人就能成行，一天內走幾個廟宇拜拜求平安，途經風景區順便下車玩一玩，會參加的幾乎都是老人，偶有長輩突然身體不適會讓年輕人頂替，阿縝小時頂替過縝媽幾次，縝媽託遊覽車鄰座的員外娘照顧。進香團走進古宅院，擺的是古董床，棉被、枕頭、蚊帳都還在，阿縝幻想古人睡在上面的畫面，背脊陣陣發涼。「聽說石頭會長毛～」導遊一說出口，阿公、阿嬤們紛紛擠向另一個房間的玻璃櫃，裡頭擺了一顆約莫五十公分大小的石頭，「發毛了！發毛了，看到沒！」，導遊使用催眠大法，人群中的愚夫愚婦附和「有喔！有喔！眞的有！」阿縝瞪大眼睛，看到眼睛脫窗也看不出個所以然。

這種旅遊還會把人載去一個地方，關起門來做推銷，跌打損傷、神奇療效金創膏，不買幾罐出不了門，很像《菊次郎的夏天》裡隨時會有穿丁字褲的怪叔叔從暗黑的舞台後方盪出來嚇人。遊覽車上隨車小姐多半愛唱歌，也讓旅客輪流唱，偶有幾個老人唱得還不錯，但多半魔音穿腦的多。員外娘一個字也不肯唱，把麥克風遞給阿縝唱，「唱得不錯喔！再來一個！」遊覽車小姐有完沒完，阿縝看看員外娘，她一副愛莫能助的表情後轉頭看窗外風景。

「以後不要再叫我去遊覽了喔！」阿縝回家後向縝媽吶喊。

縝媽的寶物通常會鎖在另一側床頭邊較牢實的大木櫃裡，像少數金子、鈔票及一百零一件縝爸送的毛大衣。她幫兩個女兒各打了一枚金戒指，等出嫁時再拿出來，阿縝看過那戒指，笨重的環狀，沒有造型，也不知道是怎麼省吃儉用攢出來的。大木櫃通常會在拿西藥包或拿大筆錢時，才會被縝媽打開；撲鼻而來是一種獨特的香味，那關於縝媽的全部寶物混在一起的香味，是阿縝一輩子的懸念。

縝媽會把銅板零錢放進吊在床頭的西裝外套口袋，臨時需要時要掏就有，這是公開的祕密，是挑戰道德尺度的刑具。小孩嘴饞時會想買些零食來吃，男孩會多些名堂。柑仔店很多好玩的尪仔標、彈珠、玩具槍之類的玩具隨時都在向他們招手，縝媽當阿嬤之後，體力大不如前，跟年輕時可以短跑轉長跑追阿騙時已不可同日而語，但多了智慧可以跟孫子鬥智。她發現口袋的銅板一直短少，觀察一陣後，是阿振拿的，逼問一番承認後，狠狠地打了一頓，說是狠，力道還是較年輕時弱了些，她認為金孫可以疼，這種事絕不能放水。

偶爾有經濟較寬裕的遠親來，會送昂貴的蘋果，有紅的、有黃的，黃的果皮表面有小點點，聞起來香味有些不同，口感也不同，縝媽會先放在木製衣櫥裡，因為一時半刻捨不得吃。衣櫥裡的衣服溫度把蘋果溫得香香的，阿縝洗澡時每開一次櫥門就聞香一番，口水滴到不能再滴。有幾次，縝媽終於削了大家分著吃，因爲溫太熟，吃起來鬆鬆的。衣櫥裡的香味還會維持一小段時間，之後才消失。

衣櫥裡的蘋果輓歌也跟阿振有關，又有仁慈之人送來香香的日本蘋果，照例要在衣櫥裡溫幾天，但這回的三幕劇有所轉折，應該說在開始、中間時就戛然而止，沒有結尾。香味在某年某月的某一天無預警消失，縝媽還來不及拿出來……

「妳的金孫阿振昨天擽（拿）一個出來大口吃得有滋有味，今天又擽一個……」阿海嬸幸災樂禍地透露給縝媽。

這種事縝媽就不好意思揍阿振了，免得落得貪吃阿嬤的名。

鄉下歐巴桑的歌詩

縝媽會在每日忙得不可開交的勞動中，擠出一點時間跟村裡姊妹們閒聊一會。她總是斗笠不離身，一方面擋太陽，一方面當扇子搧涼，日積月累的汗味是阿縝心心懸念的氣味。阿縝偶爾調皮也會學縝媽豪氣地拿著斗笠搧涼。

縝媽最常去的幾個地方無非是臭汗嬸家後面的小巷、員外娘家搭起的鐵皮下，阿縝只要回家見不到縝媽，去那兩個地方準能找到。縝媽和幾個歐巴桑邊聊手上沒閒著，不是員外娘家的花生出土，幫忙拔一些，就是臭汗嬸家的青菜剛摘了，幫忙揀一下；阿縝非常迷戀這種情境，每次有長輩來找縝媽，阿縝去喚縝媽回家，通常是佇（音ㄉㄧㄠˇ）在那邊，忘了家裡還有人在等。

瘦花嬸也是過家一族，跟縝媽常不期而遇。

「美軍的飛機聲是喀啦喀啦，日軍的飛機聲是咻……咻……咻……」瘦花嬸想起少女時躲空襲的往事。

「根本常常來不及躲，在田中央，要往哪跑？只好直接往下躺，稻子長得夠高，就掩得住了。」

緽媽少女時也曾對少年郎動過心，但比阿騙與阿眞的純純之愛更純，恐怕連對方的名字都不知道，十六歲之前還是日據時代，走過溪流撿木頭，日本兵會對著荳蔻少女叫囂。瘦花嬸對日本人最有意見，「稅金重得讓人喘不過氣，又不能自己養豬，聽說有個老人被逮到，打到嘴巴都黑了！」她說當時每家每戶只給一小把米，以前的人家誰不生個一窩小孩，能不餓肚子嗎？不自己養豬，哪年哪月才吃得到豬肉？緽媽也經歷過二二八的時代，卻一點印象也無，鄉下婦女每天勞苦自己的家庭連睡覺時間都不夠，哪有餘力管到其他，況且當時的消息都被控管，連怎麼引起的都眾說紛紜，自是無暇理會。

空襲的事，阿緽也聽過小姑的版本。

「當時走在馬路邊，兩旁種了兩排大樹，樹旁挖了防空壕，飛機一下來，情急之下往防空壕跳，媽呀！有條毒蛇，忙不迭再往上跳。」

那些年代的媽媽們，面對過去不知是什麼情懷，很苦但說起來怎會是津津有味！應該也非如此，阿縝每每聽到不可思議，開懷笑出來，只見說的人馬上變臉。

瘦花嬸爲什麼叫瘦花，很簡單，就是皮包骨的身材吃不胖。她家在阿縝去診所的通道上，養的狗很機車，每天都要追咬阿縝來回兩輪才肯罷休。

「啊！以前站在田埂上，腳才剛舉起要落田，成群的紅色水蛭就往我這邊游過來，嚇得我雞皮疙瘩掉滿地……」瘦花嬸說故事很有畫面，形容媳婦、女婿不孝的情節也甚精彩，阿縝看過她激動地數落一大篇，阿進嬸聽完淡定地拍拍屁股走人。

阿縝的功課不錯是歸功母親的循循善誘。縝媽小學讀公學校一年，因戰爭空襲仍頻而休止，一直遺憾沒有讀書，小學課本保存完好地收著，是一次心血來潮，拿出來說桃太郎的故事給阿縝聽，阿縝才知道縝媽有唸過書。阿縝祖父和父親留下的文字書，她惜字如金地收著。縝媽和臭汗嬸一樣，雖然沒有讀什麼書，頭腦卻很靈活聰明，她鼓勵阿騙讀中醫、鼓勵阿縝讀書有一套心法，跟阿縝約法三章，如果月考第一名，就買腳踏車，阿縝運氣特好矇到第一名，縝媽一諾千金。阿縝一輩子對縝媽有兩件愧疚的心事，一是沒幫她學會騎腳踏車，二是沒多教她識字，若如此，她就能騎著腳踏車去田裡、去過家，也能讀報判斷時事，不用聽阿縝胡亂翻譯曲解的二手版本。

縝媽很早就自覺人生是苦，少女時有出家念頭，縝外公要她嫁給縝爸，實是百般糾結，是相親後縝爸觸了電，積極爭取非娶不可。若當年縝媽遂了出家心願，阿縝幾個恐怕沒機會投胎，縝媽的一生卻不至於勞苦至極。阿縝的表姊阿美也說過同樣的話，她和表姊夫是自由戀愛，婚後感情不錯，「我是想，如果可以清修就好了。」孩子都已長大成婚，阿美還是感慨。這婚姻，還眞是少有人歌頌啊！

縝爸過世後，縝媽篤定要守寡到終了，無奈風韻猶存。阿明說縝媽是山腳巷裡第一美女，阿信伯喪妻後，來追求過幾次，「阿太啊！阿太。」阿太是縝媽的客語名字，阿信伯在庭院呼喊，縝媽躲在灶旁糾結。「孫子都冒出來了……我才不讓我兒子抬不起頭難做人。」她擔心阿明幾個在鄰里間被側目，並不打算再有感情，她測試過阿縝的想法，阿縝什麼都不懂地反對，認爲阿信伯是色胚。阿縝長大後回想，縝媽人生憾事中，該多一樁沒試著接受阿信伯的愛情。

阿雄過世後，她好不容易從喪子之痛走出來，晚年如願地吃齋唸佛，捨不得殺生。「快點，快點，又來了！」斗大的蚊子繞著她轉，手上佛珠串隨著手揮動發出咧咧的響聲，阿縝趕緊上前啪啪啪地打。縝媽晨起唸一趟佛珠號，黃昏再一次，阿彌佛陀經、心經每天錄音帶要滾兩次，阿縝聽到都能背上幾段。晨鐘響起時，阿縝還在被窩裡，接著就是刺鼻的香煙裊裊味從門縫竄進被窩。縝媽想挑戰《金剛經》、《地藏王菩薩經》，常遇艱澀難懂的字，找阿縝問，她通常有邊讀邊、沒邊讀中間地呼嚨，因爲字典也查不到。阿縝的外婆、縝媽的媽媽，生小孩破傷風走了，當時縝媽才六歲；縝爸走時，縝媽四十六歲；阿雄走時，縝媽五十六歲，幼年喪母、中年喪夫、晚年喪子，集滿「人生是苦」的點數了。

撥雲見日的阿春

阿縝去診所替換阿騙的時間，不只是回家吃飯、洗澡，有時候阿騙會去義診、開會（阿騙蟬聯過幾屆針灸學會會長）、到病患家看診、進修什麼的，都會不定期把阿縝召去。無聊的時光，阿縝除了讀書、講電話外，就是畫畫。阿騙甚是慷慨大度，大概疼惜這個妹妹很願意付出，所以一整疊一整疊的空白看診單和包藥單，都被阿縝拿去畫畫，也沒見他數落過妹妹。

每天下午，賣伏苓糕的老人會來叫賣，「賣伏苓糕喔！伏苓糕！」聲音宏亮有力。茯苓糕是白色的糕中間夾紅豆，一定要配水喝，否則太乾難以吞嚥，而且很甜，通常銷量不太好。阿騙總是看老人辛苦，不管吃不吃都買，他好像沒吃過，都是阿縝吃，沒零食吃的時候，沒魚蝦也好，吃到膩了，放到發霉，阿騙還是買。「那老人是因爲二哥的關係，才繼續賣下去的吧！」阿縝搖搖頭……

雖然阿騙沒有主動追求女生，但說媒的是絡繹不絕，阿縝被招去看診所，其實還有一個名目是阿騙要去相親，只是他不會跟阿縝說。聽縝媽說，他去看了回來不是嫌鼻子太挺、太扁，嘴巴太大、太小，聲音太尖、太粗，就是沒有剛剛好的，這完美主義拿來找對象本來就是困難重重，連挑個差不多可以的走走看，也挑不出來，「這該如何是好啊！」縝媽嘆氣了。

這診所來來去去的妙齡女子這麼多，大部分須要診脈這肌膚之親，怎就能不看對眼？如果阿縝再大一點年紀，或許就不太會老是做些生雞蛋沒有、老放雞屎的事。學校福利社總是下課後擠滿人，短短十分鐘要買到東西算是高人所爲，每次好不容易擠到最前頭，手伸長長時，上課鐘又響了。阿縝看那位福利社家族的大姊，長得眞的還不錯，像當時連續劇《昨夜星辰》裡的女主角沈時華，「姊姊！我覺得妳很漂亮耶！」

在一個課外活動時間，阿縝倒垃圾時，意外獲得清空的福利社時光，她逮住機會跟福利社的大姊搭訕。以阿縝當時的眼光，認爲她眞的長得不錯，但因爲她長期面對這些死小孩，賣東西時臉非常地臭，還會伸手打人，其實小孩心裡都覺得她比較像晚娘。這個年紀其實應該也要婚事拉警報了，她收了阿縯的三個一元銅板，給了一包統一麵，聽到阿縯的讚美，臉上的線條是柔和了一些，「是嗎？」大姊有點受寵若驚但故作鎮定地回答。

「是眞的啊！」阿縯突然心念一轉，說：「我二哥是中醫師，妳要不要認識他？」大姊臉上出現前所未見的紅暈，似乎被戳中要害，緊繃的氣球登時洩氣軟掉，她的聲音有點顫抖：「是在哪裡開業？」

「我家那邊啊！山腳巷！」阿縯一派輕鬆地回答。

「好啊！」大姊想抓住這機會，所以很快地表態。

這樣的對話後，到畢業前，阿縯每次擠在一團死小孩伸長長手叫囂的福利社時，總能像走後門一樣，先買到東西。大姊把東西交到阿縯手上時，總是兩眼瞪得老大，希望阿縯再透露進度，但傻不愣登的阿縯，眞的只是耍嘴皮而已，她哪懂得什麼跟什麼，這意外的好處眞是始料未及，長大後才慢慢知道那是待嫁女兒心的滋味。

阿騙的處女座潔癖加龜毛情結作祟，感情上還是一直沒動靜，在阿縯的心目中，他是完美男人，因爲阿縯的月亮星座也在處女，所以兄妹倆在道德議題上非常契合，因為最常去看診所，跟二哥的情誼很相近，會一起心軟地想幫助人，也常義憤塡膺地譴責不公不義之事。阿騙延續胡家「某些」傳統，知道哪些人家生活不容易，收藥錢時會給個折扣，也讓賒帳，幫人免費開藥方。有縝爸的前例，養家活口的觀念深深印在他的心版上，因此阿縝常被派公差，送藥到行動不方便的某大嬸、大伯家，他能給鄉親父老的就這麼多。

終於縝爸的換帖兄弟東吳幫阿騙介紹的女生阿春，讓阿騙動了心。阿春是銘傳畢業的，當時能到台北大都市讀專科的女生眞是少之又少，不僅見過世面，氣質什麼的應該會不同凡響吧！

阿春非常熱情活潑，在縝媽眼裡眞是過度活潑，什麼話都大剌剌地說。縝媽是個農婦，當然穿的多半是雨鞋，那天阿春無預警地造訪，縝媽剛從菜圃回家，雨鞋當然沾了土，阿春竟然露出嫌惡的眼光，那眼光不偏不倚地被抓個正著，但縝媽沒有讓阿騙知道，只會碎唸的時候唸一唸給阿明聽。縝媽在兒女的婚事上，除非是逾越道德線，通常只會委婉地分析、勸說，並不會主導，況且她很了解阿騙，說了也沒用。

阿騙對阿春極好，審美標準也相當獨特，初認識時，阿春滿臉是痘，可能身材算火辣，還有活潑又很敢的個性剛好互補了阿騙的悶騷，另外一個可能，就是父親換帖的兄弟介紹的，沒話說地可以信任。

阿騙用精湛的醫術一帖藥一帖藥地抓給阿春服，直到臉上的痘全消，皮膚還晶瑩剔透了起來，果然是個美人胚子。阿騙哪是省油的燈，他很自豪自己的醫術，還說臉撥雲見日後的阿春跟當時的玉女紅星邱于庭很像。兩人熱戀火熱，阿春三天兩頭都在診所，說也奇怪，這陣子阿縯好像被支開一樣，有時候不須要去換班，所以對阿春的印象眞的很微薄。

熱戀了一段時間，當然要提親了，阿騙用電腦選土豆般精挑細選那麼久，阿娥的大女兒都出生了。

東吳伯當媒人，阿明特地請了假，和阿縯媽帶著該帶的禮和金子到阿春家。

「人嘞？」

阿春的父母急得像熱鍋上的螞蟻，因爲阿．春．不．見．了！

火爆的阿明開始暴跳。

「是發生什麼事？」東吳伯關切地問。

「我們也不知道……」阿春的父母一看就是知情不報，阿明差點沒把他們家客廳的桌子掀了。

倒是縯媽，事後聽她說起這段往事時，口氣沒那麼飛揚過，就是鬆了一口氣。

完美主義男阿騙仙，第一次付出眞心，換了絕情，重傷。

阿春劈腿，一腿劈中醫師、一腿劈西醫師，阿騙竟然被蒙在鼓裡，果然沒有談過戀愛眞好騙。

阿騙因此意志消沉了好一段時日，阿縯完全不知情，只是又被召回去看診所。

阿騙常常眉頭深鎖，出門去喝喜酒，阿縯交代他幫忙買畢業Bye Bye Book都沒買。

小學畢業前，每個人都要準備一本Bye Bye Book，寫勿忘我、一帆風順、學海無涯那些廢話的冊子，阿縯班上都開始流傳寫了，她還沒買，自然對阿騙的忘記感到很失望。

阿騙又要出門了，「哥！記得幫我買畢業手冊。」阿縝再叮嚀。

這次是記得了，但大人的眼光跟小孩怎會一樣？阿騙這呆頭鵝，買了自己會欣賞的文青風，上面是一些大自然的風景圖襯底，阿縝著實傻眼，她以爲所有的畢業手冊都是可愛純愛風的，並沒有特別交代，誰想到還有大人用的畢業手冊，這放在同學們的手冊間，顯得格格不入，阿縝氣惱……標準小學生的畢業手冊是像Ａ４名片簿一樣的，像名片一樣可以抽起來分給同學寫，寫好再放回去。所以像淑妃這種萬人迷，就會有一堆手冊擠在她桌上等她寫，有心儀的對象在隔壁班，也會鼓起勇氣遞過去，寫的內容大同小異、抄來抄去，有繪畫才能的就會加些圖案設計。

阿縝班上有個同學阿義，小時候就重度弱視，他保存了所有的回憶，９２１地震家裡全倒，依然搶救出Bye Bye Book，幾十年後開小學同學會時，阿縝看到自己當時扭曲到不行的字，上面題字「身體健康、事事順利、百事可樂」。

從中藥舖過渡到中醫診所，掛上一塊阿騙恩師送的招牌匾額，牆上多了一張中醫師執照，上面貼了阿騙像楓葉鼠塞了兩顆核桃的鼓鼓腮幫子大頭照。縝爸留下來的格局和器具，阿騙多半沿用，變動的也有。像以前縝爸的換帖尖鼻仔每次喝醉就躺著睡到不醒人事的長椅凳，阿騙收起來換上有靠背的長排椅；長排椅的一邊盡頭上方掛著一台電視，讓等待的客人仰頭看節目打發無聊時光，椅背上掛著用報夾夾好的報紙。靠藥櫃的一邊放有幾個小板凳，方便客人機動變換位子。

阿騙是文青，從這時候就開始訂閱《讀者文摘》，一訂幾十年，沒有斷過，阿縝跟著讀，文學造詣也薰陶不少。他也訂了一段時間的《時報週刊》，上面有連載小說，有時候是十八禁的擦邊球，阿縝也看了不少。阿騙把本來放在一樓的床搬到二樓，晚上就睡在二樓，這樣可以防止小偷來光顧，畢竟像高麗參、粉光參之類的名貴藥材也是有的。以前縝爸大清早會出門去田裡巡田水，天未亮，阿縝起床看屋內黑壓壓一片，老爸不見了，害怕地哇哇大哭，哭到縝爸回來，然後縝爸安撫泡一碗泡麵給她吃。阿騙接手藥舖後，也會一大清早出門，是去附近農試所的網球場，跟那邊的教授打球。

阿騙仙很健談，看診完開始抓藥時，會跟客人寒暄幾句，一邊搗藥敲得匡啷響，一邊話家常。處女座有潔癖，每天早上一定用濕抹布抹過診所一遍才正式開張。阿騙的潔癖用在藥材清洗上非常登對，大部分的藥材都是植物、礦物採收後直接曬乾，沙塵附著在上面是鐵律，早期比較少農藥殘留跟重金屬的問題，阿騙還是認眞地洗了又洗。

他買了很多大小籮筐，杜仲葉這種熱情氾濫枝大葉大的藥材，就得用大籮筐掏洗再掏洗；當歸、百部這種分量比較厚實的根莖類，用中籮筐就足夠；紅棗、黑棗這類果實，用量大，幾乎每一種藥帖都會加幾顆，每隔一段時間就會洗一批來曬；甘草便宜一兩就一大把，很多客人會買來煮茶泡茶喝，《本草綱目》記載：「清熱解毒，潤肺止咳，調和諸藥；炙甘草能補脾益氣。主治咽喉腫痛，咳嗽，脾胃虛弱，胃、十二指腸潰瘍，肝炎，癔病，癰癤腫毒，藥物及食物中毒。」

藥櫃的抽屜，最常被寵幸的藥材除了當歸外，就是甘草。當歸的用量第一，源自補藥四物、八珍、十全的需求。以前物質生活貧乏、過度勞動，營養不良是常有的事，不是大病小痛的話，頭暈目眩、面黃肌瘦者會來抓補藥補身，阿縝的媽就吃了不少。再則就是藥引用的薑，直接放在桌上，順手就切個兩片。洗乾淨後的藥材，一定要在烈日下曝曬，確定乾透才收起來。

診所前面有顆瘦巴巴的芭樂樹，不知何時竟長出果實，緊鄰馬路不知道吃了多少汽油煙霧，阿緽這種鄉下小孩裝有雷達，樹上有果實就會嗶嗶叫，一個午後，好不容易爬上去摘了吃，還挺脆又甜，眞令人費解。診所和鄰居交接處有兩根柱子，阿緽兩腳張開撐住兩邊剛剛好，看診所無聊時，會兩腳和柱子垂直往上挪，到頂時碰到屋頂，再往下回到地面，重複來回幾次。她除了短跑、跳遠這種田徑項目不拿手，其他這些有的沒的，是佼佼者，曾經可以在河溝的兩邊水泥牆切斷面交互穿插跑過半條河。

好濃的中藥味

一年一年過，黃金單身漢阿騙已經年過三十，那個年代，男人的婚事會拉警報，也莫過如此，情傷難癒的成分居多，以前和阿騙相過親的女子、很想嫁給阿騙的女子，幾乎都嫁了，生幾個孩子的都有。像阿味的小嬸，一直在診所對面農會當出納的素媛，就曾經很想嫁給阿騙。阿娥自己的婚姻陷入艱難，但也為阿騙的婚事發愁，剛好同條巷子的遠親姨婆的外甥女也在找對象，閒聊時眼睛一亮，就拉了線。

那外甥女叫桂華，那一年二十五歲，也有點急了的年紀，是妹妹和姨婆介紹的對象，說什麼也不好推辭，就去看看。

「好濃的中藥味喔！」

桂華第一次對阿騙的印象是他頭髮一甩，方圓幾公尺都聞得到中藥的味道。如果是像當歸補藥的味道，那還算迷人，但如果是二樓那些苦藥味，就算了！

阿騙看著電視上在介紹歌林電冰箱廣告的邱于庭，回頭跟阿娥說：「像不像？」

「哪裡像？」

「下巴啊！」

他的意思是桂華的下巴像邱于庭，阿娥沒有表示意見，當初說阿春像邱于庭，也是說下巴像，難怪縝媽在二兒子的婚事上完全插不上手。

桂華的娘家是隔壁鄉鎮的小地主，兄弟姊妹好幾個都會唸書，大哥醫學院畢業後在市區開診，二姊也是唸醫學相關的公衛系，三弟是牙醫系。她自己二專唸的是滿有名私校家政科，編織勾針類非常拿手，喜歡打扮、穿漂亮衣服，畢業後在大哥的診所幫忙，本來有一門西醫（又是西醫）的親事在談，沒下文後，才答應跟阿騙見面，見過後，兩人有意走走看。

阿騙這個時代，中醫才剛開放考照，賺大錢的也不多，西醫那邊卻是洋房跑車大把大把賺，也因中醫的地位在醫界尚未被認可，比起確定能救人無數的西醫，是弱多了。但十年河東、十年河西，不會有人想到中醫是越陳越香的產業，到如今可是越資深的中醫師越受推崇。

阿繽算是傻不愣登晚熟的小孩，這期間可能很多跟阿騙婚事有關的人事物登門，她一概沒有察覺，例如哪家姊姊常來診所假借名義拿藥，或者對她特別溫柔，她都無感。這天，桂華來了，阿騙回家吃飯，她帶了漢堡來，「我是路過，順便過來看看，這個給妳吃！」

年正芳華的桂華很會打扮，應該是家政科薰陶出來的品味，不是很華麗而是自有格調，襯托出一種獨特的氣質，阿繽看了甚是喜歡。她環顧了一下診所四周，似是在了解環境。到阿騙吃完飯、洗完澡來診所，阿繽拿著漢堡回家後，都還是以爲桂華是客人。

阿繽沒看過漢堡，第一口咬下去，有種和西方世界初次接軌的感覺，「好奇怪的東西，但是好好吃喔！」

後來阿繽在補習班聽到英文老師說「麥當勞」，又進一步跟西方接軌，那發音眞的好奇特，英翻中後，這三個字竟然可以放在一起。

所有人看到桂華的第一眼，都會驚歎：「好像甄妮！」沒錯，是唱〈海上花〉的那個歌星甄妮，她有一頭湯鬈波浪紅長髮和立體的五官，沒有混血兒的疑慮，因爲父母都是在地人，她和兄弟姊妹的五官多少有些相似。

兩人終於看對眼了，雖然桂華覺得阿騙還是有點太古板，但總是產生愛情的火花了，縇媽鬆了一口氣。

一對老夫婦騎著腳踏車來診所拿補藥，前所未見，阿騙一如往常邊拿藥邊跟客戶話家常，對方說住在草屯，阿騙也沒多想，後來才知道是桂華的父母來探測女兒的對象，回去後甚是滿意，鼓吹桂華要把握。

桂華聽了父母的勸告，答應了和阿騙的婚事，阿騙是個有規畫的人，他早早就把馬路對面的一棟透天厝分期買下來，大概是跟阿春熱戀時就準備了，後來感情受到波折，房子一直租給做木工的。阿騙要把房子收回來，進去全部巡查一遍，差點沒昏倒，不說全棟像打過仗地髒亂，後院的木屑堆滿有一公尺高，很廣闊的範圍。縝媽和阿縝、阿雄用鍬子把木屑鏟起，一籮筐一籮筐往後面河流倒，那河流水勢相當湍急，算是幫了點忙。三人花了將近一個月才把房子清完，阿雄落跑蹓躂的時候多，多半是縝媽兩母女在清。

阿騙把診所搬到新屋子，準備大婚，婚期將近時，突然生了一場大病，喉嚨腫得跟核桃一樣大。

「有喜事發生的徵兆啦！沒事……沒事……」

縝媽挺樂觀，鄉下流傳這說法，大婚前必有小劫，果然婚前及時痊癒，順利成婚。

桂華在大哥醫院環境的薰陶下，來到中醫診所不算完全陌生，她開始跟阿騙學認中藥材，從簡單的藥方開始抓起。不要看她外表溫婉，骨子裡也是個執著胚子，當年迷上看電視，每晚到鄰居家看到家裡已把門鎖起來，進不了門翻牆，隔天繼續，這點叛逆倒是跟阿騙很相合。

她是家政科畢業，做飯還算拿手，新婚燕爾，什麼最好的都無怨無悔奉上，很西化風格的她，各國料理都嘗試做給阿騙吃。

「噢！這跟皮鞋一樣硬，我得用腳踏著才能咬得斷！」阿騙吃著桂華千辛萬苦煮好的牛排說風涼話，這是阿騙的情趣，但桂華不領情，很受傷，常常積累一陣後爆發數落給阿娥聽。

家移到診所對面，阿騙落了戶，不須回家吃飯、洗澡，阿績的診所小妹工作就此結束。

阿娥的第二個女兒出生，家計重擔越來越沉，她做衣服的客戶都在娘家，就在阿騙的後院再開張做起衣服，剛開始生意還不錯，卻遇上了成衣風潮，便宜多樣的成衣店漸漸打趴手作量身訂做的服裝設計工作室，阿娥每天夫家、娘家奔波，還是逃不過收攤的命運。

第四部

情竇初開，再長大了些

升旗台後單挑

「我當然要栽培阿縝啊！」阿騙爲了感謝阿縝幾年無怨無悔地看診所，以及縝爸的遺願，他決定供阿縝讀私立國中，但這私立國中不是能上就上，除了學校成績要好，還得口試。阿縝成績只好到三年級，四年級晶晶接導師後，混上加混的教學，全班程度已然落後，數學尤甚。雖然有錢人家可以靠關係進私校，但進了之後功課趕不上也是大有人在。阿縝第一次進城（市區）考試，是阿明先用機車載到阿娥家，再由阿娥的丈夫阿傑用機車接駁到校區，縝小妹進大觀園，一望無際人頭攢動的大禮堂考場，就知道有多少人想擠破頭進去。鄉下長大的小孩，像阿蘭，國中畢業後早早就讀建教合作，能讀書就要偷笑了，哪還想到可以讀私校！

阿縝落座後開始面試，根本聽不懂任何一題，也回答不出一題。「這幾年，晶晶讓我們拔草、拿醬油而已……」她心想。

這挫敗，阿縝也想忘掉，因為同學都知道她去考私校，很丟臉！

因為考私校，所以沒跟阿玉、阿麗他們一起到附近的國中考分班測驗，不知要到哪一班報到，學校臨時開了一場加考，各種原因來加考的同學湊一湊也有一班，考完根本沒人改考卷，教務主任木瓜用目測分派班級。

「你，五班！」「你，八班！」「妳，三班！」

阿縝被分到三班，木瓜是用多年的教學經驗看面相分班，獐頭鼠目的就丟後段班，乖乖牌的放前段，數字越小的越前段。阿玉跟阿麗、又成都在前段一、二班，阿蘭在後段九班，阿縝的三班是不前不後。驕傲的阿味遷戶口到市區，讀了那邊的國中。

國中新生訓練第一天，阿縝被木瓜分到七年三班，國小同班的一個也沒有，多半是隔壁班跟附近其他小學的，阿縝發現不妙，班上似乎有流氓，常常一言不合大小聲就幹起架，還三字經、五字經滿天飛，「這木瓜是給了上上籤了吧！」

阿縝讀的國中，緊鄰光復新村，是政府遷台後蓋給教育人員住的宿舍，阿縝同屆同學家庭背景結構，不像小學那麼一致，層次豐富許多，有阿縝和阿蘭家這種鄉下務農的本省、客家小孩，也有街道上做生意的、山上種果樹的，還有從縝媽三畝田那邊一望無際的田中央來的。另外有一大部分是這些教育人員的子弟，這些高尚子弟的父母多半和學校的老師相熟，不熟的話家庭調查表也會寫資料，有的家長在教育廳高層，小孩惹不起還得供著。這些家庭的小孩都被排到一、二班，只有零星幾個散落在中段班，前段班的導師是師範剛畢業、充滿熱忱的阿國和阿瓊，三班以後放牛吃草，英文老師連什麼字彙都沒教，第一次月考阿縝班上沒幾個會寫。

What a w____l day!

答案是wonderful，鬼才知道那是什麼，是後來文如、玉娟、阿縝去街上補習班補英文，回來教大家，大家才恍然大悟，「英文老師黑肉雞只會上課時甩動一頭烏黑秀髮而已！」

七年三班一開始的導師阿楊還不賴，教生物很認眞，打得也認眞，午睡時，不及格的名單會遞過來，挖起來集中在走廊打。後來調到別校去，換來一個無能的圓餅，流氓阿武開始做大，上課時罵老師、睡覺，下課找娘娘腔阿順、裝人工肛門的阿乙尋開心，當眾取笑拍打試圖激怒兩人，被欺凌慣了的他們任憑擺布，否則一回手，就是中了對方的下懷，不被打到狗吃屎不罷休。

「放學小心點！路上等妳！」

媽呀！阿縝被警告了，因爲考試時不給阿武看答案。那時候這句話眞的很流行，河堤邊、升旗台後，都是相約幹架的主場，阿縝本來都和阿蘭走乾溪回家，那幾天都刻意繞道大馬路，回家也不敢跟縝媽說。國中一年級的腦內風景，認爲學校流氓找碴是誰也插不上手的，岩井俊二電影《青春電幻物語》是這樣說的。

阿蘭和阿縝上下學的乾溪路線，是用大石頭鋪成的石頭路，走過時溪裡的魚受驚會亂竄。下大雨，溪水暴漲，就得繞遠走大馬路，這寧靜的鄉村一零一件命案就發生在這裡，臭汗嬸說乾溪的屍體被發現時剩下白骨跟幾顆牙，警察調查後，研判他殺機率低，死因沒交代，從此阿縝和阿蘭一律改走大馬路。

聽說最末段班的阿頻才是本屆超級大尾流氓，阿武這種小咖咖見到都要讓道，阿蘭說已經練就一門輕功，嗅到快打起來的跡象，要快速地搬走自己的桌子，否則文具書本被壓扯爛，她不心疼死才怪。阿頻會在球鞋上方綁小鏡子，伸到女生裙子裡反射看內褲顏色，嚇得阿蘭一年到頭都在裡面穿體育褲。阿頻自命風流瀟灑，搜尋過一輪全校女生，有姿色的就追，前段班公認最漂亮的李小玲曾被他追上手，三年級重新洗牌分班後，阿縝和李小玲同班，看她爲情所困過。

某天清早，阿縝騎腳踏車上學，遠處傳來送葬的樂聲，鑼鼓聲鏘鏘鏘地在耳際敲打，阿縝想著等會要迴避，流氓阿頻從旁竄過，阿縝心臟緊縮成一團，只見他手上拿著一團捲成筒狀的紙，有節奏地敲打著腳踏車手把，那節奏與送葬的鑼鼓不謀而合。

「各位同學，將來出社會後，就業的公司爲了確認品格，會回來學校收集資料，如果發現你們違反校規被記過，可能就會不錄用，反之，如果被記功，就會被錄用。」木瓜說得口沫橫飛，這招話術只對阿縝這種膽小的學生有用，她正爲自己做的蠢事被記警告而發愁。剛入學時，過了檢查繡學號的期限還沒去繡，用藍色原子筆描邊，維妙維肖，卻還是被討人厭的風紀股長阿哲發現、登記，人生就此有了污點，不過也只在意三天。同樣的伎倆，也用在國三的家政課，書都唸不完還要織毛衣，桂華熬夜幫阿縝織了幾朵花，剩下縫上衣服的工，阿縝拿了白膠黏。

「哇！這花織得太棒了！」家政老師阿娜愛不釋手、來回撫摸，其他同學也都圍觀上來，眾目睽睽下，花黏著阿娜老師的手離開衣服，那閻王阿娜的眼光瞪視過來，阿縝一陣腿軟。

圓餅根本hold不住七年三班，他也常被約去升旗台後泡茶，他是因不明原因從高中被調來的，一看就是鬱鬱不得志，像宋朝被貶官、發配邊疆的衰人。某天下午，阿武又在數學課上挑釁他，只見他忍了又忍，臉色已從青轉白再轉紅，「陳清武！你再鬧，小心我揍你！」阿武聽到這句話心被撩動，「哇！想揍我，XXX，是跟天公借膽嗎！」接著又亂叫囂一通，圓餅教數學的聲音都被他淹沒，幾個同伙的阿丁、阿奇跟著起鬨，說時遲那時快，圓餅拿起點名簿衝向阿武，像閃電打雷般猛敲阿武的頭，「再鬧啊！再鬧啊！……」等他回神，包括阿武本人、阿縝及全班嘴巴都張得老大，彷彿時空靜止般的寧靜幾秒，阿縝的心率先響起如雷掌聲，她知道阿乙、阿順、玉娟、文如他們一定也是。

阿武見笑轉生氣，又約圓餅升旗台後見，升上二年級後，圓餅就不見了，也不知去向。

二班有一個名聞遐邇的一代女皇杜小月，頭大大一看就知道智商不凡，導師阿瓊選她當班長，下放無限權力。「快看！快來看！」走廊上文如拉著阿縝跑，二班教室外已經團團圍住人群，矮個子跳上跳下，想看裡面發生什麼事，阿縝從縫隙中看進去，只見杜小月在講台訓話，門窗都被鎖緊，好像是全班物理考太爛，阿縝用同情的眼光注視著阿玉和阿麗，「眞是班班有本難唸的經。」

音樂教室應該是學校最有藝術氣息的地方，位在福利社旁邊樓上，老師阿譜氣質優雅聲音溫柔，阿縝唱歌跟演講都須要開嗓，如果吃了油膩的麵包就會鎖喉，阿譜第一次彈唱試音找合唱團團員，阿縝就是鎖喉唱，阿譜勉強收留丟到第二部。上學期要比賽合唱，下學期比軍歌，阿譜找不到歌聲宏亮的起音，這時期男同學青一色變聲，只能從女生找，音樂課鋼琴彈到手發痠，還是找不到適合的聲音，阿縝是倒數第二個試音，阿譜印象名單裡沒有阿縝，算是死馬當活馬醫。

「男兒立志在沙場，馬革裹屍氣豪壯，金戈揮動耀日月，鐵騎奔騰撼山崗……」這開嗓的聲音奔出去後，阿譜鬆了一口氣，就是阿縝了。

阿譜對自己看走眼一點都不以爲意，阿縝認眞地揣摩阿譜教的聲樂發聲法，丹田用力，聲音頂住上顎再飽滿地出去，可以唱跟女高音一樣高的聲音。

放學降旗，都要集合在教室前面，是阿縝情竇初開的私密時光。她會尋找對面大樓二、三年級帥學長的身影，多半就那幾個個頭高、長相清秀、成績不凡的，每天看幾眼，心花就開。

教務主任木瓜訓完話，學務主任尿布接著轟炸，輪到訓導主任阿烈，講到一半突然斷話。

「別走！好膽別走！」阿烈逃命般疾奔過阿縝眼前的走廊，後面跟著小學追過阿玉的阿山，手上拿著開山刀揮舞。那阿山大阿縝一屆，升上國二時三大過提早畢業，這景象是對阿烈不滿，回來尋仇，木瓜和尿布早就躲到教務處把門鎖起來發抖。

阿烈危機處理得宜，不但沒事，後來還升上校長的位子，總比每天升旗耍嘴皮、剪樹葉的校長阿提好多了。阿縝很過分，畢業紀念冊把阿提的照片畫成豬八戒，被長兄阿明訓斥。

體育課是殘酷擂台，發育蓬勃的女同學根本無處躲藏，體育服軟趴趴地貼在胸脯上，不像制服可以撐起來掩護。阿琳營養過剩，全身圓滾滾，胸部像溪裡的大鵝卵石，色體育老師阿炮老愛點她示範跳遠，一看就知道心懷不軌，阿縝轉頭一看，看到阿武在流口水。游泳課的時候，阿炮自己不下水，站在岸上欣賞，有夠變態。文珍笑起來有兩個深酒窩，聽說和阿炮談戀愛，晚熟的阿縝覺得不可思議，認爲應該是無稽之談，長大後回想，雞皮疙瘩掉滿地。

阿縝很喜歡桂華，桂華也喜歡她，心腸軟的桂華認爲阿縝自幼喪父，須要多關愛，應該也是阿騙灌輸的觀念，阿明也和阿梅說要多照顧這個小妹。

阿蘭的爸爸阿海選了一塊靠馬路邊的農地，變更蓋成透天厝，阿味家也跟進，表親家都移到馬路邊落戶，剛好跟阿騙隔馬路相對。

從小學開始都是阿蘭等阿縝上學，清早精神恍惚，穿襪子穿到一半還得發呆半晌。

「快點ㄟ！阿蘭在等了！」縝媽喊一聲阿縝才動一步，有時候到學校都快遲到，阿蘭還是樂此不疲。她要搬到馬路邊，阿縝也想跟進，跟縝媽說要去住阿騙家，桂華很歡迎，認爲這樣阿縝可以專心讀書。

「妳要去哪裡？」阿梅看阿縝提著大包小包問。

「去住二哥家！」

「什麼？」阿梅有點驚訝。

第一晚在阿騙家過夜，就想縝媽想得要命，說也奇怪，走路才十分鐘，也能揪心。但阿縝還是堅強地住了下來，阿蘭早上來等過她幾次，阿騙大清早就出門打網球，桂華八點才會起床，沒人叫阿縝，常睡過頭，阿蘭後來不等了。

桂華開始母愛噴發，每天幫阿縝準備中午便當，騎著腳踏車送到學校，同學看到甄妮來了，就會主動喊阿縝。

「那是誰？」

「我二嫂啊！」

「長得好漂亮！」

「像甄妮對不對！」

「對耶～」

便當盒打開才夠炫的，大塊豬排配搭小青豆，佐香腸荷包蛋，每天都是五星級便當料理，羨煞阿娟和文如。

阿縝的房間是靠近陽台的二樓，後面是一大片茂密的荔枝果園，阿騙收回房子前是被租戶當木工廠用，人氣單薄，阿縝晚上睡覺常被鬼壓床，眼睛半睜蚊帳上黑影閃過，只知道害怕不知道要跟縝媽說，久了倒也自己好了。

阿騙夫妻新婚燕爾，阿縝和姪子阿振常有福利跟，《００７》系列電影上映時，兩顆電燈泡亮晃晃到市區戲院看了好幾片，看完吃大餐。桂華出手一向闊綽，這點跟阿騙是兩極，日後也常因此齟齬。阿騙責任心重，從小存錢存慣了，能用的東西幾乎變古董，電視、收音機家電類都用到時代淘汰格式才換，桂華則是奉行即時享樂，舊的不去新的不來。

有了桂華幫手，診所的生意更好，起碼不會有人等得不耐煩先走掉。阿騙看診、桂華抓藥，但大男人阿騙還是會囉嗦桂華動作慢。

「又要抓藥、又要煮飯做家事，還嫌！」

桂華趁阿娥回娘家忍不住又抱怨幾句，這時已大腹便便要生了。

桂華懷頭胎時是阿縯看過她最美的時候，幸福滿溢的春光掩不住，當時超音波還不盛行，要生出來才能開獎知道是男是女。

「生男孩放鞭炮、生女孩放破唱片。」重男輕女的觀念根深柢固，阿騙也不例外。

阿倢出生，是女兒，阿騙當然是說說，沒眞的放破唱片，頭胎不管是男是女，可愛就討喜，阿騙在阿倢出生前就翻遍字典取名字。「婕」有女官之意，阿騙希望女兒巾幗不讓鬚眉，改成人字旁，鄉下小孩取名幾乎都給人算命盤筆畫，菜市場名喊了一堆人回頭。

桂華酷愛公主風，幫女兒穿上蓬蓬裙、頭上綁啾啾，但阿倢就是霸氣，客人坐在長椅上仰頭看電視，剛會走的阿倢悄悄爬上長椅，一巴掌紮實地拍在長得一臉黑社會大哥模樣的歐吉桑臉上。

「欸～」歐吉桑吃痛橫眉豎眼回頭看，竟是個嬰孩，登時不知所措。桂華、阿騙也嚇得翻過長桌忙不迭賠不是。

「拍謝啦！拍謝！」

搬過來一起住的阿縝，還是滾當歸，滾到兩手都是當歸味，看到嬰兒出手打黑社會大哥這一幕心裡忍不住噗哧偷笑。

□

阿縝從《楚留香》開始，就一路迷看港劇，《倚天屠龍記》、《神鵰俠侶》、《天龍八部》、《天蠶變》、《笑傲江湖》、《射鵰英雄傳》，一部接著一部，尤其梁家仁版本的《天龍八部》把她迷得團團轉，多希望自己就是武俠世界裡的阿朱，可以飛簷走壁，可以爲喬峰所愛。國三模擬考一堆，依然每集追著跑。

除了港劇，瓊瑤阿姨三廳電影沒落後，春風吹又生的電視劇興起，《幾度夕陽紅》、《煙雨濛濛》、《庭院深深》一檔接一檔看，還把原著小說找來看。親情苦肉戲《星星知我心》演到哭戲時，阿縝和桂華都會適時離開現場，一個走廚房、一個走樓梯，偷擦眼淚、鼻涕，廣告完歸位繼續看、繼續哭。

每年暑假，電影院會固定上映《開心鬼》和《A計畫》，阿縝攢夠了零用錢，就帶阿振去看。小學時，街上還有家戲院，小孩看一部電影五元，阿峰媽帶了一群小孩搭公車去看《成功嶺上》，超收的戲院走道上滿滿都是人，大人站著看，小孩夾縫看，走過瓜子殼堆咧咧響，簡直是《新天堂樂園》。

《皇天后土》、《假如我是眞的》、《梅花》、《筧橋英烈傳》上映時，阿縝正唸小學，學校常常帶學生一列浩浩蕩蕩用走的去戲院看。北溝那邊有個台灣電影文化城，頗有來歷，老蔣來台後先相中這邊的龍穴，把故宮寶物藏在電影文化城旁的山穴中，後來一起移去台北外雙溪，一樣是高人看過的龍穴山脈，一樣是緊鄰的中影文化城。

阿縝長大後才知道要不是一個空難事件把整機的電影人都摔了，家鄉應可以成爲電影重鎭。

「眞的假的，看到鄭少秋跟林青霞！」

「眞的啊！阿平讀的青年仔（青年高中）啊，有人去找臨演，伊漢草（體格）好，被選上，演鄭少秋的保鑣。」

「阿平也太爽了吧！」

「阿平！來來來，交代一下！」

「就導演喊action，我就拔劍跳上前，護住鄭少秋！」

「哇～～」

阿平邊說，阿縝和阿蘭他們尖叫聲連連。

阿縝還沒出生時，台影每年可以產出近一百部電影，香港有名的製片人陸運濤本來要在這裡蓋更大的影城，卻不幸遇到死劫，計畫全沒，國家把拍片重心北移到中影，台影的產量越來越少，但還是有明星在路上攔搭計程車的景象。阿縝長大後，金城武、林心如、吳奇隆、林志穎都來光復新村拍過電影，但她一次都沒遇上。

曖昧的男男老師

升上國二，不知爲何八變成二，本應是八年二班，要改說是二年二班，班級重新洗牌。阿縝被編到二班，導師沒變是阿瓊，恰北北出名的她，師範大學英文系畢業，顧名思義教英文，比黑肉雞好一百倍，不只教得好，打得也兇，標準九十分，差一分打一下，阿縝這輩子被打最多就是在阿瓊手上。教育部頒布命令「不可能力分班」要「常態分班」，之前的一、二班被打散拆班，流氓阿武和他的同伙全編到後段班，那邊有更大尾的阿頻，相信他日子會很好過。

杜小月跟定阿瓊，阿瓊跟定杜小月，阿縝遭遇了一代女皇，痞子又成也被編到這班，抬頭一看，被同情過的阿玉和阿麗都在，阿縝苦笑。

阿縝被分到的座位，旁邊坐朱義名，此人是阿縝這輩子遇過口才最好的傢伙，國二生半大不小，吵架常有，要說七年三班吵架是用拳頭，這班就是用說的堵死你。朱義名是住在學校旁、種著芒果樹高牆的光復新村裡的外省小孩，帶著厚厚的眼鏡，大蕃薯身材，吵起架連珠炮機關槍掃個不停。阿縝中文哪有他好，離開學校講的還是台語，要說用台語吵架還有勝算，中文吵架就一路嘴巴張開張開，語塞加怒火中燒，狼狽不堪。

物理老師阿元至少懂得憐香惜玉，男生打右手，女生打左手，像蚊子叮不痛不癢，但真的不知道他在上什麼，阿縝始終聽不懂。物理課是外星人的學問，阿元講的那些什麼塞子、槓桿、火車什麼時候交會，一點都鑽不進阿縝的腦袋，所幸他打人不太痛就得過且過。三班導師圓餅消失後，來了一個娘娘腔阿古帶三班，上學期學校辦小旅行，跟小學一樣又是兒童樂園，分不清是童心未泯還是沒斷奶。阿縝一轉圈圈頭就暈，偏偏這地方的遊樂設施清一色轉圈圈，遊覽車一靠站，阿芳、阿麗他們就尖叫衝向圈圈，搖滾樂最火爆，阿麗頭上腳下銅板掉滿地匡啷響，只差腸胃沒跟著從嘴巴掉出來，阿縝搖搖頭，只好又去鬼屋報到。台灣的鬼屋沒有法國《艾蜜莉的異想世界》的浪漫，通常是嚇得屁滾尿流又擠得進退不得，身旁管他是誰抓了就抱，這回在出口，看到阿古摟著阿元，阿縝幾個用詭異的眼光掃過兩個已婚男人後飛奔而去。

那陣子，受到鬼屋的啓發，阿縝迷上超現實主義達利那種的畫風，課本上畫的都是鬼，畫到整本課本都沒有空地。

「妳是有在讀書嗎？」縝媽抓狂了。

一班導師阿國長相清秀，無奈頭頂稀疏，魯鈍如阿縝都能看出他喜歡阿瓊。阿瓊長得好看，也會打扮，一看就很多人追，唸英語系的人洋派活潑，「三八阿瓊」的稱號早就上下屆傳承地叫。二下時，阿國心碎滿地，阿瓊說她結婚了，應該是寒假時結的婚，班上無人知曉，也未必，或許心腹杜小月知道。婚結得如此神祕，不久便懷孕，阿縝出運，阿瓊不再打人，改交互蹲跳，爲了胎教不動怒，有時候連跳都免了。

國中二年級常態編班後阿瓊力不從心，本來她可以像集中營一樣把菁英七年二班帶成升學神話，但計畫趕不上變化，和杜小月的合作默契瞬間瓦解。班上是資優、平庸、混混的綜合體，她只能關照光復新村家戶裡面的小孩，以及像又成這種住在光復新村以外的老師的小孩，其他一般鄉下人家調性不合的就保持疏離。又成小提琴越拉越起勁，似乎有那麼一點莫札特的樣子，阿瓊有被事先協調過，不能打手心，只能打屁股或大腿，體育課會傷到玉手的運動也不能讓他動。

本來坐在遙遠窗邊的又成，沒事跑來招惹坐阿縝前面的阿溪，打打鬧鬧變本加厲，把阿溪的東西全搬到他的座位上，鳩佔鵲巢坐到阿溪的位子上，阿溪以爲只一、兩節課不在意，沒想到一佔就好幾天，下逐客令也趕不走。

「起來喔！」阿溪拉扯又成的衣服，他塊頭高過阿溪，八風吹不動。

這可苦了阿縝，雖然時日一久，早已忘記他小學時演講的假掰樣，上了國中痞子本性盡露，一轉頭就拿走阿縝的鉛筆盒，再轉頭就拿走課本，然後是書包。

一根粉筆筆直落在阿縝的桌子正中央。

「吵什麼吵？」阿元容忍兩人在台下的騷動已然破錶。

「他拿我的書包！」

「還給她。」

又成哀哀地把書包還給阿縝，被阿瓊警告後，他終於乖乖地回自己的窗邊。班上的一舉一動似乎都有人向阿瓊稟報，再怎麼縝密的計畫還是會失風。三年級的時候，有一件非常離奇的事，後來誰也想不通，緊鑼密鼓的升學黑暗期，讀書時間密集到連蒼蠅都鑽不進縫，這天……

「昨天到烏溪游泳的同學給我站起來！」生完小孩的阿瓊平地一聲雷，阿縝和阿芳他們面面相覷。

「要我點名嗎！」阿瓊王牌在握，只見平地裡一根根蔥冒出來，阿華、阿仁、阿溪、阿麗、阿玉、阿萱通通站了起來，最閃亮的一顆星，還有又成。阿縝眼睛不自覺睜大，這公子哥的老爸管得比包青天還要嚴不是嗎？烏溪！可是要阿明和阿騙這種漢子才能挑戰的吧！

阿瓊一貫溫柔，可能準備懷第二胎，讓他們寫寫悔過書了事。

十五歲的女生，是很那個的……

小男生會拿小女生東西尋開心的戲碼，阿縝在國中才遇到。新生訓練前三天，班上有個附近國小來的混混阿輝，長得帥高挺拔，但行爲幼稚，也是把阿縝的雨傘什麼的拿去藏起來，下雨天找不到傘眞的很嘔，阿輝就在遠處嘴角上揚看著阿縝憂愁。某天，從市區補習回家，阿輝在路上堵她。

「幹嘛！」

「沒幹嘛啊！」

就兩句話。

李宗盛說十七歲女生是很那個的，十四歲男生才那個好嗎！

又成在一次學校辦的「敦親睦鄰」晚會上表演提琴瘋迷了全場，阿縝班上有二十個女同學也被派去跳舞，阿麗一向會玩，這項專長逃不過阿瓊法眼，女生清一色夾頭髮清湯掛麵，阿麗一定要留劉海有造型，制服上衣和褲子、裙子也都改良過，擦邊球讓阿瓊警告再警告。照理說，阿麗策劃活動的能力勝過杜小月，阿瓊果然把權力下放給她，阿縝和阿芳被拉去市區找舞衣，再一次縝呆子進大觀園。「原來這世界上還有這種地方！」阿縝心吶喊，那些租借各式表演衣服道具的店隱身在落寞的街道裡，假髮、蕾絲舞衣、亮片旗袍五花八門，阿麗冷靜地跟店家談判後，確定要租大露肩的禮服，練了好幾週的舞後，上場前才試穿禮服。

「怎麼可能？這太露了吧！」

「我根本撐不起來！」

只見阿麗拿出一包黑髮夾跟針線，一個個搞定上場。

禮服很漂亮，荳蔻少女翩翩起舞，效果好得驚人。

阿麗後來讀商做會計，眞是埋沒了一代天才！

杜小月在二年級時霎時安靜，還有一個原因……

阿瓊因懷孕而溫柔，杜小月不知爲何而溫柔，春風悄悄拂上了她的臉。她安靜地讀書、不再恰北北，成績依然高高在山巔。這天午後，她竟然主動提議大家玩遊戲，跟以前把阿玉他們鎖起來訓話判若兩人。

「這個遊戲叫做人、時、地、事，每個人拿出四張小紙條，在上面隨意寫名字、什麼時間、在什麼地方、做什麼事，摺好後交到前面來。」

剛開始玩眞的很新鮮，分成四堆的紙條充分混合後，杜小月開始逐抽唱名，全班都笑到噴淚，例如：「阿溪、清朝時、茅廁、跳大腿舞」；「阿麗、未來、桌上、大便」，當事人臉臭到不行。

「杜小月、現在……」只見一道紅暈閃過臉龐，「在又成家……」阿芳和其他人開始敲桌鼓譟，所有人都等著第四張紙揭曉，阿縝看看痦子又成，他一副詭異樣也剛好看過來，兩人隔幾排桌對視。

「吃春捲皮。」

「蛤！什麼鬼。」全班頓時期望落空般地洩了氣。

過不久，二下快尾聲的時候，杜小月繼圓餅之後悄悄消失了，聽說是爲了功課轉到市區的學校，她頭跟一班的天才阿智一樣大，一班的阿智自學考上一中綽綽有餘，阿智都不用轉學，她何必多此一舉。後來阿芳告訴阿縝，她喜歡上又成，怕影響功課，不轉學不行了，好一個理性的傢伙。

阿騙仙很愛閱讀，除了一大櫃藥書外，中國文學《紅樓夢》、《金瓶梅》、《封神榜》，西方諾貝爾文學獎全集和川端康成的書常出現在他案上。阿縝好奇翻過幾頁，尤其《金瓶梅》，得小心翼翼不能在精彩處留下摺痕，《紅樓夢》也是。阿騙也聽西洋老式情歌，阿縝拿了一片試聽後，〈The End of the World〉、〈Five Hundred Miles〉、〈The Sound of Silence〉這類歌就永恆印刻在她心版上，往後只要聽到旋律，就能從心靈抽屜裡快速翻找出來。阿縝和阿芳、淑芬、阿麗相較，是屬於老派的，淑芬拿著walk man聽的是Air Supply，唸的是席慕蓉的詩；阿麗唱的是丘丘合唱團的〈就在今夜〉，玩的是電影院旁的冰宮。阿縝老覺得金智娟的嗓子沙啞成那樣，那歌旋律到底哪裡好聽，〈爲何夢見他〉倒還不錯。她跟著阿騙看錄影帶店租來的《老井》、《紅高粱》、《童年往事》，還有好萊塢的《13號星期五》，看完靈異鬼片和攝影書上繪聲繪影的鬼影圖片，久違的鬼壓床又來找。

上國中後，不能在大自然裡無拘無束奔跑，所幸有這些有的沒的陪伴度過。阿縝接收了阿騙的古董收錄音機，唸書唸到半夢半醒時，李季準華貴牌的「腰部以下全部透明」，以及胡瓜、鄭進一的儂儂褲襪廣告會叫醒她。

升上國中三年級，教室搬到以前帥學長那一棟的一樓，窗外有一排綿延的梧桐樹道，烈日下，風一吹，蟬聲揚起，桂華被風吹起裙襬搖曳的風姿映入眼簾。

「阿縝！妳二嫂送便當來了！」桂華一路送便當送到阿縝畢業，成爲同學記憶庫裡的永恆。

三年級又洗牌一次，彷彿把前四班的美人都集中在阿縝這一班，又成以前在一班欠下的風流債又回來找他，李小玲、劉曉鈴雙姝前後踏進教室。一年級時，李小玲坐又成左邊，劉曉鈴坐又成右邊，姿色各有千秋，但觀眾票選的結果，公認李小玲是當屆第一，和《後宮甄嬛傳》一樣，華妃嬌寵、甄嬛溫婉，劉曉鈴溫柔善解人意的一面也吸引著又成，聽說爭風吃醋不在話下，三年級重逢後，阿縝從沒見兩人交談過。

「男人才是禍水吧！」阿縝心想。

獅子座的又成，以爲自己是非洲上的草原獅子王、《天龍八部》裡的段正淳、《楚留香》裡的楚留香，要說金庸跟古龍教壞小孩，也不爲過。

阿縝和阿蘭一起遷到馬路邊生活後，阿雄工作似乎不太如意，頻換工作，有時候會到阿騙診所逛逛，上樓躺阿縝的床。阿娥出嫁後，阿縝的一些瑣碎事，縝媽會叫阿雄幫忙，過年買新衣、鼻眼窩長肉芽得看眼科，都是阿雄帶去，兄妹倆情誼增進不少。阿雄當步兵三年，阿縝練習寫信到軍中，成爲兄妹倆溝通的私角落。縝媽對阿雄很放心不下，阿縝也是，巨蟹座的阿雄有時奔放，有時心事重重，母子、兄妹連心，大概就是這樣。

村裡的男丁

村子裡依然生蹦活跳地上演著生命進行曲，郭家一號的二兒子黑牛，忙著割牧草時，大鐮刀一揮，割斷自己的腳筋，從此走路一跛一跛，也沒娶妻；么兒子阿富離開牛欄去外地討生活，一去杳無音訊、人間蒸發。還好三兒子阿德福大命大，在附近做太陽能和烘穀機的工廠工作，延續雨天幫鄰居收稻穀的宅心苦幹實幹，得到老闆大大賞識。那老闆雖土氣，但很會帶人帶心，酷愛用本地人，屬下對他死心塌地打江山，方圓幾百里乃至整個台灣，都是用他家的烘穀機烘稻子、龍眼、玉米乾果類，裝的也是他家的太陽能。

茼蒿蓋的大豪宅連幾棟要給每個兒子落戶，卻只有阿德能固守，他娶妻生子，職位直線上升。茼蒿先大舌嬸一步而去，告別式辦得精精彩彩，阿蘭他們都在看熱鬧的隊伍中，阿縯就不行，因爲和阿騙診所交班後，沿著走廊回家時，曾被跳出來的師公（做法事的道士）嚇到，八字輕又敏感愛胡思亂想，還是迴避得好。

偷穿內衣褲的妖鬼武是大舌的二兒子阿泉生的長子，長大後娶了妻，偷性還是不改，老偷阿蘭爸阿海種的菜，氣得他想辦法在菜圃裝監視器，也是天才一枚。次子跳東寶，怪異加怪癖，找不到對象，只好透過經紀娶泰國妻，那泰國仔很乖很認分，生了幾個孩子還照顧中風的大舌。

泰國仔忙的時候，會讓兒子阿壽推大舌四處走走逛逛，山腰處常有老人和輪椅一起快速滑下坡，後面追著小學三年級的小孩，就是這對曾祖孫。

「我看都要連人從輪椅上倒掉了！」臭汗嬸形容大舌晚年的窘境。

大舌過世後，泰國仔還是受不了跳東寶身心上的凌遲，丟下三個孩子回泰國。

那年代，好多長輩爆腦筋、中風，不知是不是跟吃豬油有關，海河叔、海嬸、阿新爸，還有後來搬來的師公嬸，都是中風臥床後走的。鄉下時興炸豬油，把肥肥的豬肉切丁炸到乾，撈起豬粕乾留下滿鍋的油，裝起來放在菜櫥裡，炒菜拌豬油飯都很香，嘴饞時，豬粕乾拿來當零食。

海河叔臥病好幾年，不像大舌有曾孫推著走，他多半和屎尿爲伍，每到夜晚就嗚嗚嗚地叫，非常可憐。

阿新爸中風後，暴躁的脾氣變本加厲，阿新還辭掉工作專心照顧他，常常被他打得鼻青臉腫，一手一腳還靈光，打人踹人一樣凶狠。

「阿新啊！年紀也不小了，要幫你說媒嗎？」臭汗嬸關心地問。

「不用啦！我爸這樣，沒有小姐會想嫁給我啦！」

阿新本來有個女朋友，交往幾年後不了了之。

步忠家搬走後，搬來了師公石一家，也是一連三個男丁，大的啞巴，在郭家一號打工；二的叫賭博連，顧名思義整天泡在賭場；老三在米全工廠上班。師公石是做法事的道士，阿縝媽和他太太阿好路上遇到會聊幾句。阿好中風時，師公石已先畢業，三個兒子沒有人照顧她，晚景甚是淒涼，縝媽和臭汗嬸都會拿飯放在她的窗前。

阿味大哥阿棟是獨子，被阿味奶奶和媽媽寵溺得很嚴重，也是天真無心機，被鄉里的黑道賭博世家兄弟設局，欠下高利貸，阿味爸一毛錢也不幫他還，要像臭汗嬸那樣割地賣地幫兒子還賭債，門兒都沒有。

阿楝跑路，從此沒有再回到鄉里，阿味家大門被噴得花花的，阿味爸就再把它噴回正常。

阿味的奶奶高壽過世後，需要長孫捧斗，阿楝不能回來，阿味的父母腦筋動到阿味叔叔的么子身上，「阿味的嬸嬸不肯！」阿蘭說。

「爲什麼？」阿縝問。

照理說阿味的奶奶都是跟著二兒子住，婆媳、祖孫的感情都算好，沒有理由不答應。

「這地下錢莊就等這一刻，阿楝一出現，槍就拿出來了，子彈不長眼，穿上孝服，長得都一樣，萬一么子代替中槍怎麼辦？」

這劇情和《教父》還眞有點像，阿縝毛骨悚然了起來。

最後是阿味的爸爸自己捧斗。

在這個村子，數算起來，望子成龍、重男輕女的結果並不樂觀，大舌嬸的二兒子共有四門男丁，第三個也是下落不明。阿峰當兵回來後，沒帶鑰匙，想從阿味家廚房跳上他家二樓，沒跳好掉到地上，送醫後就變得更怪異，不僅破壞歐羅肥家的水管，繽媽的冷氣故障多半也是他所爲。他聽到常人聽不到的細微聲音就會抓狂，家裡的電話也要拿起來，父母晚上睡覺不能關門，聽到笑聲會循聲音找到源頭，瞪視到對方和他四目交接，愛笑的阿桂嬸嚇得屁滾尿流，三步併兩步跑走。

他最後動手揍母親、嬸嬸，病情越演越烈，帶去看醫生，說「沒病」。應是峰媽捨不得兒子被關進精神病院的說詞。

有一次他弟弟阿典被惹火了，揍到他臉貼水溝動彈不得。

「以後看你還敢不敢！」

阿典貸款在市區買了新公寓，父母都搬去，阿峰一人住著碩大的透天厝，依然大門邁出去沒多遠，活動範圍就附近幾戶人家，峰媽怕他餓死，三餐回來煮給他吃。

阿繽小時候也常看到一號人物在大馬路上走，烈日下撐著一把黑傘壓住頭，從路的盡頭走向路的盡頭，阿繽長大後都叫他「薛西佛斯」。

「就是被一個小姐甩了，失戀後就變這樣了！」臭汗嬸果然是村里的活字典，無人不知，無事不曉。

聽說薛西佛斯的母親過世後，病情到了巔峰，還到墓地裡去挖墳。

眾人嫌的宜靜，是阿賢嬸夫妻結婚多年膝下無子後領養來的，夫妻倆對小孩溺愛，什麼天上掉下來的禮物都能給。宜靜和同伴玩一玩不如意就哭，老愛在緊鄰阿雄房間旁的小巷哭天搶地，阿雄在工廠上的是夜班，白天一定得補眠，否則精神耗弱得更嚴重。

「宜靜啊！可以到其他地方去哭嗎？」縝媽說話了。

看似越說越故意，哭得更大聲。

桂華對阿縝的疼愛，讓阿縝很快適應與縝媽一公里路程的離別，在這裡有吃不完的山珍海味，一大早出門，打開錢櫃就有阿騙準備的零用錢，也不用做那永遠做不完的家事，只須要幫忙打掃診所、滾當歸、幫阿倢洗澡，其他時間都拿來讀書，但也沒讀得多好。

某天放學回家，桂華哭得像淚人一樣，縝媽在旁安慰，阿縝好心疼，是桂華的弟弟出了車禍，騎機車要從草屯到台中的路上先摔倒再被砂石車攔腰輾過，阿縝聽了也爆哭。

「砂石車跑掉了，眞可惡！」桂華邊哭邊說。

阿縝的心更緊成一團，她心裡開始盤算要怎麼抓到那個人渣，腦袋瓜眞的認眞推理，但想法還是被大人認爲天眞。她想著到砂石場去一輛一輛找。

天蠍座的桂華很快從悲傷中走出來，或許是把悲傷隱藏到深處，外人難以辨識。

考情緊繃，情事也緊繃

國三，人生單純到只剩一件事——考試。

每晚都要跟周公討價還價，連學阿騙考中醫時，泡滿濃十倍的茶葉提神都沒用，喝下第一口，果然振奮，五分鐘後，變本加厲愛睡，每晚還是昏沉沉地被儂儂絲襪叫起來上廁所。

桂華在陽台種的曇花在月光下兀自美麗，「真的是曇花一現耶！」隔天大清早阿縝再上廁所時，看著已凋零的曇花大驚小怪。

「怎麼辦？我都沒唸，死定了！」雅菁一貫在考試前一個鬧過一個，大家都在衝刺，把握考卷發下來前能多背幾個單字、多算幾題是幾題，經她這樣一攪，緊張情緒鬆懈不少。「有人沒唸了，我怕什麼。」況且雅菁的程度和阿縝不相上下，這樣的墮落宣言正中阿縝紅心，回家的夜晚也鬆懈不少。

阿瓊發考卷，「賴雅菁八十分！」，阿縝眼睛瞪得老大，「八十分？我才五十分！不是沒讀嗎？」

雅菁一副謙虛樣上台領了考卷，好像自己是天才矇到的分數，阿霈不以為然地做了一個怪表情。

午休，全班吃飽飯，雅菁去上廁所，阿霈逮到機會。

「她哪是沒唸書，我每晚都看到她的房間燈火通明，這叫欺敵，懂嗎？」

阿縝又如艾蜜莉牽瞎眼老頭逛大街般地恍然大悟，一股氣衝上雲端而後落下，像《功夫》裡周星馳在地上打出一個大佛陀手印。

笨蛋阿縝又開始用功，拿起最疏離的數學，追著旁座的數學天才周眞眞問。她也是光復新村裡的小孩，阿縝的數學程度如果是一，她就是一百，班上有些被阿瓊看好會上一中、女中的同學，沒有一個像她一樣仁慈，肯花時間一遍遍不厭其煩解說算式給智障聽。數學課時，她提出的問題連老師阿麵都要回家找找答案再回覆，阿縝當然是鴨子聽雷般地崇拜著。

不久，她被競爭對手委婉地警告，「不要在班上提些超出課本範圍的問題，浪費大家的時間。」

在晶晶荒廢教學之下，加上後繼無力，阿縝的數學早已病入膏肓，圓餅和阿麵繞口令唸著幾元幾次方程式，在阿縝聽來都是外星語。

「嗯！該怎麼說呢……＃＄＠＊％＜＼」周眞眞一貫溫柔地想方設法要把國中以前空掉的部分幫阿縝補上來，這一折騰，又挖走她一大塊準備考女中的時間。

這課對課還有一樁新鮮事，阿縝應該是班上的三不管地帶、nobody，常常會有特別的事找上她。資優生之一阿慈，正在找人一起share家教補習的費用，找了完全沒有威脅性的阿縝。這坑跳得有點傻，家教老師是阿慈當小學老師的虎媽請來的，找阿縝一起，應當也是沙盤推演，萬中選一選出來的。中央大學英語系放暑假回鄉的大學生姊姊，來上課都沒準備，題目解不出來，大家一起乾瞪眼，下次上課也不見補教，是來呼嚨補習費的，可憐阿騙的血汗錢。那虎媽人算不如天算，把阿慈盯得比魚網還要密實，卻忘了在上課的地方放監視器。

後來文如報了一個好康，藏在市區邊邊角角，一家倉庫堆滿米包的隱密處，有位數學郎中開了一個小補習班，他來歷不明，教學方式很對味阿縝這些重症患者，死馬當活馬醫就是用背的，一天上多少，回家前就背多少，錯一題從頭來，全對才能回家。阿縝分泌被狗追的腎上腺素，奇蹟地進步不少，國三有一個新單元是證明題，終於遇到名師教導之下，阿縝躍上和資優生等高的分數（僅只這個單元）。

阿縝nobody事蹟不少，李小玲、劉曉鈴雙姝都愛找她，長大後才恍然大悟是跟又成有關。又成全家的病歷都在阿騙的病歷表櫃裡。年少輕狂雖矜持，也有哥兒們般的情誼，他也不是都作怪，二年級當學藝股長，放學時，停下腳踏車，大剌剌帶著畫紙進診所，遇到阿雄。

「阿縝感冒在休息，什麼事嗎？」

「班上選阿縝參加漫畫比賽，麻煩把畫紙拿給她！」

「是喔！謝謝你啊！」

那次阿縝得到佳作。

國三，老情人、新情人聚首，考情緊繃，情事也緊繃。

雙姝在阿縝這邊有意無意釋放一些訊息，以為可以傳到又成那裡，因為他同齡同班的表姊阿純和阿縝的交情已經接近換帖，阿純二年級時就主動找阿縝打球一組，往後每天中午都一起吃便當。

李小玲對阿縝的親密有點過頭，還找她去家裡，這恩寵對公開表白「永遠最愛李小玲」的阿義來說，肯定羨慕到五體投地。

這天午後，學校模擬考結束，李小玲的計謀是讓阿縝看到她家信箱裡有成堆的愛慕者寫的信，她抽了一張，其餘往垃圾桶一丟，似乎是司空見慣的事。

李小玲眉頭緊鎖地看完那封信。

「是阿頻寫的……」

她說阿頻追求她很久了，兩人國小就認識，阿縝餘光瞄了一下，歪歪扭扭的蝌蚪文爬在紙上，她想起阿鸞姊那張「我有愛妳，妳有愛我沒？」情書，內心噗哧笑，不敢讓李小玲察覺。

阿頻在後段班是痞子英雄，人氣很旺，許多女生應該都幻想過當他的女人，那個捉弄過阿縝的阿輝，也是許多女生的夢中情人。晚熟的阿縝，一律不解風情。「蛤？什麼？」她最擅長的是後知後覺，不過這樣也好，讓縝媽少去很多麻煩。

阿縝的呆，小學就很明顯，剛開始每年農曆年都很新鮮，穿新衣、新鞋，開心得很，縝爸剛過世，回村莊生活，第一次和阿蘭他們出遊是到乾溪玩。阿縝傻乎乎，穿的是會咬腳的新皮鞋，走在溪床石頭間，早就磨破後腳跟，索性光腳丫跟著走，溪床沙地上很多像雞母珠啊的洞洞，阿新、阿巧這些大哥哥、大姊姊摘了茅草葉梢尖搔洞洞，不久，圓滾滾灰色的蟲會八隻腳緊緊抓住葉尖，用力一拉，就現形。

一行小孩越玩越近溪深處，一座吊橋橫立，阿平三兩步躍上橋，阿蘭他們隨後跟進，只剩阿縝站在橋頭犯嘀咕。

「妳幹嘛！快上來玩啊！」

阿平快跑，把吊橋搖得左右晃動。

「可是……那上面寫不能超過八人，我算了，已經超過了。」

讀小一的阿縝，大字不識幾個，但吊橋上的告示有注音。

「吼喲！」

阿平不想理會她，往另一邊奔跑而去，吊橋呈現波浪弧度，阿蘭他們尖叫。

一對情侶大哥大姊正要上橋。

「哥哥、姊姊，請看那邊！」

阿縝指向告示。

「吊橋已經超過人數，你們不要上去，很危險！」

大姊姊嬌笑了出來，甜甜地看一眼她的阿娜答。

「小朋友見義勇爲喔！」

兩人手牽手離去，很給面子。

物理課時，阿霈突然尖叫，鐵漢阿元趕忙了解狀況，這間國中緊鄰光復新村，裡面不乏高級教育官員子弟，是學生族群中最上一層，小孩如果打了噴嚏，老師都要圍過來噓寒問暖。教務主任木瓜是佼佼者，妄想往上升的話，這層工夫一定要做足。再來是像又成這種平輩教師的子弟，再次等是住在光復新村外圍的店家，平常生活吃喝用度都跟這些人家打交道，做點公關有好無壞；而像阿智這種鄉間讀書天才，算是得天獨厚，不需背景也能被呵護，就怕哪天考上醫學院、做大官，能沾上一點好處。阿霈是附近店家賣麵的女兒，長得可愛，阿元常去她家吃麵。

「怎麼啦！」

「他％＊＠＠＃＜……」

阿霈指著阿義邊哭邊說，坐在後面的阿縜一個字都聽不清楚，阿元無法解決青春期女生的心事，僵在那裡半晌，繼續上課。這個八卦沒人知道，阿縜後來問阿義，阿義打死都不說。

上了國三後，阿蘭和阿縜的人生線越分越岔，前段班讀書讀到眼冒金星，後段班打架炊事炊到飽。阿蘭國中畢業就簽建教合作，唸夜校白天在工廠上班，後來嫁給同校同梯的，阿縜虧她「顏～都看不出來喔！偷偷談戀愛！」只見她臉一陣粉紅、一陣深紅，像七彩霓虹燈閃爍。「哪有～我是畢業後很久在路上又遇到他，才開始交往的。」

國中這一屆有幾對校對，一班的歐陽慧珊、陳子路；四班的蕭俊梧、曾宜靜，問起，都說「哪有～～」。

阿輝也娶了同班的阿瑾，聽說這段愛情過渡到婚姻的過程非常慘烈，尋死尋活都有，浪子阿輝果然長不大。

鄉下嫁女兒很少大張旗鼓，阿蘭的喜餅有在阿緽家的客廳出現過，但沒有請帖，辦個兩桌自己人吃吃就算嫁掉了，阿緽再見她時已是襁褓在懷的少婦。

不怕被鬼抓去當女婿

班上有個同學子瑄，頭髮蓬蓬自然鬈，臉長得白白淨淨像古代書生，笑起來眼睛瞇成一線，和歷史老師阿嬤像一個模子刻出來。阿嬤這種知識分子，也難逃傳宗接代的魔咒，一連生了好幾個女孩，終於吊車尾來了個男丁，但生到老四子瑄時，就已經老得像阿嬤了。

子瑄有繪畫才氣，常常拿獎，她畫的是正規的水彩、素描，和阿縯畫少女漫畫亂塗鴉不一樣。聯考快到了，剩下沒幾個月，想考術科的人才一一浮上檯面，鄉下貧窮人家的小孩都妄想讀師專，學費全免，又有生活費，畢業後鐵飯碗打不破。

「新竹師專有美術科，學科成績比一般師專低很多，術科考的是水彩、素描、國畫跟書法。」

子瑄消息靈通，不藏私。

「我二姊唸大學設計系，要不要來我家學素描？」

阿縝nobody無威脅性的特質再次發威，她有被看成陪榜作伴的優點。

「好啊！」

約好的那天，不見她二姊人影，只留下一張畫了幾筆線條的炭筆阿古力巴，阿縝第一次看到雕像炭筆畫，心裡吶喊：「這什麼鬼！考試要考這個？」

阿嬤很積極幫女兒找門路，她找到美術老師阿雀，說也奇怪，阿縝喜歡畫畫，上了兩年阿雀的課（三年級美術課是裝飾課表的，都拿來上學科），非但沒引起興趣，還老昏昏欲睡，因爲阿雀和晶晶一樣混，芒果拿來一擺，整間教室走晃好幾圈，就是不肯示範畫給人看。

這回阿嬤拜託她，倒是熱心了起來，教起國畫有模有樣。

「筆腹沾墨、筆鋒沾清水，一筆畫竹幹，竹葉也是……這是皴法，常用在畫山壁和大石。」

她，是有那麼一手，也留了一手。

又成也考術科，自從他爸發現他有當莫札特的潛質後，就想方設法從雲林三遷到這村鎮，因爲這裡有交響樂團，找老師、打聽什麼都很方便。又成要考的是藝專，學科只考兩科，國文和英文，屁股上左邊口袋塞國文、右邊口袋塞英文，想讀就掏來讀；阿縝他們所有科目都要讀，一進教室埋頭讀書，沒有抬起來張望過，他大少爺像燈塔一樣左顧右盼，似乎勝券在握，很欠揍。

週六下午，升學班一律留下來溫書、模擬考，不知何時開始，阿義、阿溪、阿仁、又成幾個開始把便當拿到操場吃，大概方便邊吃邊看後段班打籃球過乾癮，抓耙子又向阿瓊耙梳。

「喜歡到操場吃便當齁！不怕被鬼抓去當女婿！」

阿瓊班會時酸言酸語暗指操場背後一望無際的墳場，是陰陽交界之處。惠美曾在那裡撞邪，臉青一陣白一陣地跑回教室。

這抓耙子到底是誰？

當班長的阿純在週記上找到線索，默默無聲那一群裡，有個美華，是阿縝的小學同班，自成一格幾個爲一組，和資優生楚河漢界不相往來，最喜歡找又成麻煩，每次告狀的名單裡都有他，似乎有種「愛不到你就毀了你」的霸氣。

阿瓊喜歡在睡午覺後趕課，阿縝的眼皮重得跟千斤鼎一樣，實在很痛苦。那時台灣職棒很強，一九八三年，漢城亞洲盃第二循環對日本一役，實況轉播就在週六下午，阿智這種資優生都能躲在教務處偷看轉播了，阿縝當然也要跟進；一屋子塞滿人，木瓜難得睜一隻眼閉一隻眼放水，台灣隊安打、得分，尖叫聲幾乎掀掉屋頂。

「九局下，四比四，日本隊進攻，兩出局，中華隊戰術性故意保送，滿壘。」

這局打得相當精彩，一下落後追平，贏分後又被對方追平，滿屋子的國中生都繃緊神經。日本隊其貌不揚的中屋上場，天空下起毛毛細雨。

「打擊出去，球飛得很高，趙士強、葉志仙……跑過去接……」

只見趙士強趴在地上，把臉埋在手套中，似乎在哭。

「這一球漏接，安打！」

日本隊獲勝，一屋子小孩眼眶都含著淚。

這大考之日越逼越近，窮人家的孩子超怕進不了公立，給家人負擔，阿縝每天加碼讀到半夜再通宵，頂多累了上個廁所。

這夜，貓叫春得厲害，擾讀，阿縝拿了石塊扔石棉瓦。

「叮……叮……咚咚……」

「怪了！我才扔一個石塊，怎會這麼多聲？」

「叮咚……叮咚……叮叮咚咚咚咚……」

阿縝就著月光看，亮晃晃的冰塊豪邁地砸下來。

「是冰雹！」

這夏夜，是「曇花、冰雹、約翰藍儂」的味道，屋裡收音機裡的歌聲，娓娓透窗而出，正播放著〈Imagine〉〔註〕。

Imagine there's no heaven
It's easy if you try
No hell below us
Above us only sky
Imagine all the people
Living for today

Imagine there's no countries
It isn't hard to do
Nothing to kill or die for
And no religion too
Imagine all the people
Living life in peace
You may say I'm a dreamer
But I'm not the only one
I hope someday you'll join us
And the world will be as one
Imagine no possessions
I wonder if you can
No need for greed or hunger
A brotherhood of man
Imagine all the people

Sharing all the world
You may say I'm a dreamer
But I'm not the only one
I hope someday you'll join us
And the world will live as one

此刻的阿縝，只想唱著「Imagine there's no test……」

註：西元一九七一年發行的西洋流行單曲，作詞、作曲者爲約翰．藍儂。

你是人間四月天

「阿縝！書讀得怎麼樣？」

餐桌前，阿縝剛挾起一塊豆腐要往嘴裡塞，阿雄無預警冒出這句話。

「還……還可以……」

兄妹連心，阿縝擔心阿雄的指數越來越高，回家和縝媽一起睡時，都要等阿雄的機車聲由遠而近，才能安心入睡。

這幾年，阿縝在診所生活，要阿雄到診所才見得著，有時他會瀟灑地請吃四果冰，晃個幾圈就走。

大人們似乎有些事在運行，但不會給正在準備考高中的么妹知道。

這天，桂華一如往常地把蘭花植入蛇木，她把後陽台綠化成花園，肚子大到彎腰都困難，這胎肚子是寬闊的平均分布，和阿倢一樣，她心裡多少有底，應當還是女孩。

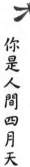

「阿縝！」

「蛤？」

阿縝放學回家，桂華叫住她，假裝一派自然地植蘭花。

「妳多久沒見阿雄了？」

阿縝有不祥的預感，但想嘸。

「昨天，昨天啊，我有看到他等紅綠燈啊！」

阿縝想起那是好久以前的事，她騎腳踏車，阿雄在對向車道等紅燈，她想大聲呼喚「三哥！」霎時紅燈轉綠，阿雄揚長而去。

「阿雄自殺死了。」桂華吸了一下鼻涕。

阿縝腦筋一片空白。

「爲……什……麼？」

阿縝走到哪裡哭到哪裡，那時學校已停課，鄰里間都知道這件事，同學沒人敢提起，怕刺激到阿縝。

六歲時，縝爸離開，懵懵懂懂。十六歲，阿雄離開，痛徹心扉，天空是灰的，地上是灰的，全世界都是灰的。

「是什麼事讓三哥痛苦到自殺？」

阿縯看著阿雄草草寫在記事本上的幾個字：明知山有虎，偏向虎山行。

這時候的他，年近三十，經過介紹認識埔里那邊一位小姐，常帶回家裡給縯媽看，雖不是漂亮那型，嘴甜笑容可掬，還算有人緣。

阿雄從小就心事重重，縯媽應該心裡有數，夜裡在庭院彈吉他，樂音寂寞哀傷讓人揪心。國中畢業未再升學，放浪一段時間後，當兵回到正軌，他心疼阿縯這個小妹太小就沒有爸爸，卻敵不過心魔，讓阿縯再失去他。

阿雄的臥室緊鄰阿峰家透天厝，這個墳地上眞的衝撞太多壯年男女，八字輕、氣場弱全中標，不信都不行。

阿雄走前在工廠上夜班，白天睡眠被宜靜的哭聲剝奪，原本憂鬱的情緒變本加厲，情事再受挫，喝過一次農藥，含在口裡馬上吐出來，嘴裡嚴重灼傷。阿騙是鐵漢性格，當年被阿春擺一道，都硬挺過來，認爲阿雄不會做傻事，給他幾副藥煎來喝，沒想到……

阿雄的幾個酒肉損友知道他有輕生念頭，就只知道陪喝酒，沒跟縯媽說，大概也是不想讓老人家擔心。

那天，繽媽預感很靈，黃昏阿雄騎著野狼125要出門，她快速跳上後座，不准阿雄出門，母子僵持一陣，還是執意走向虎山……

機車在工廠附近的橋頭被發現，繽媽當晚不見兒子回家，心知不妙。

阿明和阿騙被警察通知去溪床認屍，兄弟倆相擁哭倒在現場。

那叫「憂鬱症」，後來醫學發表了這震天價響的學術定位，阿繽徒嘆太晚知道，阿雄早該去看心理醫生，或許……但已沒有或許……

阿梅對阿雄甚是疼愛，對這個小叔的吃穿用度照顧有加，阿雄崇敬這位大嫂，也對姪子阿振、姪女阿君很是疼愛，放假帶去看電影、吃好料，在孩子心中留下難以抹卻的記憶。阿梅整理打包好阿雄的遺物，崩潰痛哭。

依習俗，告別式不能在自家辦，只能借阿蘭家的舊庭院辦，阿騙用擲筊的方式問，說想把骨灰放到水里的深山處，寺廟緊鄰濁水溪，環境清淨莊嚴肅穆，就是遠。爾後幾年清明，繽媽和阿繽及幾個姪子姪女千里跋涉上香回到家，得花掉一天時間。

沒多久，阿縝還收到從高雄朋友寄來問候阿雄的信，其人已遠，音訊渺渺，阿縝那時什麼都提不起勁，本應回信告知哥哥死訊，但也就算了。

你是一樹一樹的花開，
是燕在梁間呢喃，
你是愛、是暖、是希望，
你是人間的四月天！

阿縝唸到林徽音這首寫給兒子梁從誡的詩，內心淒楚難當，縝媽送別阿雄進火葬場時，當場昏厥。

她爲阿騙破傷風病危吃早齋、爲阿雄自絕生命吃全齋，午夜夢迴常惡夢驚醒，緊閉雙眼啊啊啊地叫，阿縝得趕緊喚醒她，叫聲才能止住。

十六歲的女生，是很那個的，阿縝的心，像玻璃，一觸即碎。

大考，還是得考……

高中先考，再來師專，阿縝和子瑄、淑芬得上新竹考試，桂華已大腹便便準備生老二，仍自告奮勇要帶阿縝去考試。非常有潔癖的桂華，旅館的廁所要親自抹一遍再墊上厚厚的衛生紙才敢坐。

阿縝第一次進到主流的繪畫場域，震撼不小，在這之前，才跟阿雀學了一堂國畫課，擺在中央考素描的維納斯頭像沒見過，炭筆和軟橡皮也是第一次見。子瑄雖然術科比阿縝厲害許多，但比起在場的高手如雲，還是小巫見了大巫。有些考生還能跟監考老師說上話，彷彿已是熟識，鄉下小孩社會化的路程，又往前邁了一步。

這一役，阿縝國畫分數頗高，其餘都墊底。跟扮家家酒的意思一樣，她是怎麼把維納斯畫完的，真的不願再提起，或許她畫少女維納斯，評審見了眼睛一亮也說不定。

學科，當然也未達標。那年，只有三班的阿茂考上台中師專，比一中、女中還難考上。

阿縝把希望寄託在五專，都是選擇題，不會就隨便猜，總會矇到。考場分配在一所國中，旁邊是孔廟，中午休息時間阿縝逛到那邊順便拜拜孔夫子，祈求加運氣加智慧，讓她矇到國立學校。

這一節，考數學，阿縝打算先算會的，不會的就靠運氣猜，「咚……咚……咚咚咚」，這遠處傳來的卡拉ＯＫ節奏，和阿縝的心臟節奏相呼應。這雜音讓她腦筋頓時空白，應是太緊張，考試前拉了好幾天肚子，身體虛加精神耗弱，會的算不出來，不會的都猜錯，後來才知道「考試要拜的是文昌君，不是孔夫子」。

大考一一放榜，阿縝高中考上的是第五志願，三年後考大學機率渺茫，早打消念頭讀高中。五專數學雖考壞，物理、化學、國文、英文、社會科都還不錯，拉抬分數後，國立五專吊車尾有希望，分數最低的設計科，要先考術科和適性測驗，她已先通過。這邊的術科過度簡單，有一點點美學概念即可，問的是生活中有哪些是以顏色或圖像標示識別用途，答案可以是紅綠燈、冷熱水、男女廁所、骷髏頭之類的。

報到登記這天，阿縝腦中的轉盤一下國立商專、一下國立工專，因分數正處於商專尾、工專頭的尷尬區，不像鄰座的女生可以豪邁地一路填下來，分數夠高，怎麼樣都能卡住一科。阿縝如果失手，就會萬劫不復，掉到私立五專，學費硬生生多出五倍。她想「還是工專好了，百分百上榜」，把原本填好商專的志願表撕掉後，領新表重填。工科的科目多半適合男生，一班有幾隻母豬賽貂蟬就要偷笑，阿縝邊填志願，機械齒輪滾動和挖土機雄偉的畫面橫立在阿縝眼前，栩栩如生。

她打了一個哆嗦，再往領表處走去。

「不好意思，我還想換張新表！」

承辦的人是商專的行政，用不耐煩的眼神看了她一眼。

阿縝交出志願表後，得失心非常重地等待結果。

「落榜了！」

晴天打了霹靂一聲響雷，阿縝前面一共七人加她全被阻擋在商專榜單之外，眼前黑暗一片，她索性跳上公車，回家。

進診所，桂華關心著……

「如何？上榜了嗎？」

桂華一向溫暖善良而白目，考生最怕人問「考得怎樣」、「上榜了沒」，她一概都問，儘管阿縝的臉已經臭得跟屎坑一樣。

一言不發的阿縝進房間倒頭就哭，狂哭。阿雄走時，沒敢放膽大哭，怕縝媽更傷心，這時已然按捺不住。

哭累沉沉睡去有一會。

「阿縝……阿縝……快……快……」

桂華一陣急促的喊聲劃破天際，阿縝的眼皮不情願睜開再看一眼這個世界。

「妳補習班的老師打電話來，說妳遞補上了，趕快去報到！」

阿縝從床上彈跳而起，興奮指數足以撞到天花板。

阿騙已經發動好速克達，準備載阿縝起跑。

阿和叔剛好在診所看完診，知道這個消息也很high，「騎車太慢了啦！落（叫）計程車比較快。」阿騙和桂華認爲很有道理，趕緊到馬路上攔截了一輛，這眞是祖上有保佑，以往這邊角村落的大馬路，來往也只不過是卡車、砂石車、公路局，這時竟然及時來了輛計程車，阿縝火速跳上，直奔商專。

這補習班老師拚業績，之後會用大紅紙寫上考取國立學校的名單，以此招攬新學員，才會如此熱心聯絡，幸好阿縝的數學和英文都有補習。

阿縝以跑百米的速度報到後，發現後面還有七個人也遞補上來，扣掉只招男生的應用外語科，他們是這個學校的倒數前七名。臭汗嬸的外孫女阿琪等到傍晚收攤，還是沒有遞補上來，眞是幾家歡樂幾家愁。那時五專是當天塡志願，當天放榜，當天知道有沒有遞補上，很刺激，如果塡的志願落榜，就只能唸高中或高職了。不過阿琪去唸了高中後，考上師範，後來當國小老師，鐵飯碗不愁吃穿，是塞翁失馬焉知非福了。

阿琪的家庭遭遇也很苦，父親好賭酗酒，常常把臭汗嬸的心肝女兒阿品打到鼻青臉腫，嚴重時不給人攔，拉下鐵門打個夠，後來阿品在大馬路被迎面而來的卡車撞上，結束悲慘的一生。阿琪幾個兄弟姊妹的吃穿學費，都靠有幾畝田地的大地主臭汗嬸支助，也算熬過來了。

這些年，沒有因爲挫敗和哀傷，地球停止轉動，稻穗依然抽芽秋收、乾溪的水到夏季還是一會死一會活，乾到快一滴不剩時，山洪會像英雄救美一樣，暴雨後戲劇性地傾瀉而下。

阿雄死在乾溪後，阿縝就不再多看它一眼。以前只要颱風天，就會穿著雨衣到溪橋頭看猛水，幾個怪胎像山腳的阿娟、山腰的阿晴，常和阿縝在那會碰頭，惺惺相惜。

阿縝的憂傷像一顆不死的種子，埋在心裡，生根發芽。

送葬的那天，她從隊伍中自然脫隊，被悲傷俘虜的一家人，只有姪女阿君在孝服帽翻飛時瞥見，她轉頭看看阿縝，默許了這一幕。

阿縝不想看阿雄的死狀，她想留住最帥氣、飄撇的三哥在記憶裡。

「如果三哥是流浪漢該有多好，起碼我還能在某個騎樓下或公園涼亭裡找到他……」阿縝想。

縝媽年紀漸長，依然活躍於田間，較重的活兒會找阿振幫忙，這天，兩祖孫推著穀包走田埂，運送穀包的獨輪車撞到凸起的石頭，重心不穩連縝媽也被帶下田，她情急伸手抵住地，「啪！」骨頭應聲而斷。

這雪上加霜的苦難，像是要壓垮駱駝最後一根稻草似的，鄰居親戚七嘴八舌出意見，一下找推拿接骨、一下西醫手術，沒接好，補開刀，吃了全餐。

阿明的小女兒滾滾，原本是縝媽帶，手受傷後，託給桂華。

滾滾是阿騙取的綽號，因爲喝米麩加牛奶，營養給得很足，兩條米其林輪胎腿庫晃動時，非常可愛。阿騙說她很像鄰里間的「太摳群」，太摳群是一位胖大叔，穿紅襯衫、戴黑墨鏡、騎腳踏車，阿縝唸小學時，常和他在米全工廠前迎面交會而過。阿縝客家話不靈光，翻成台語的話「群」發音是「滾」，台語的「滾滾」就是胖碩的意思。

滾滾剛出生時……

「男的？女的？」

縝媽已能從阿明緊鎖的眉頭知道答案，阿縝探頭去看，滾滾的額中央有塊玉，翡翠般的湖水綠，是她見過最美的胎記。滾滾小時候很愛哭，長大後愛笑，似乎把該哭的分都在嬰兒時哭完了。

「我有臭屁卵喔！」

「臭屁卵」是客家話的臭酸味，縝媽含飴逗孫時慣用的詞句，滾滾學了起來，像史奴比裡的奈勒斯抱著臭被單說著：「我有臭屁卵喔！」

「我來上班了喔。」阿梅每天上班前，會先把滾滾送到診所，滾滾自己說她來診所上班，當時三歲，像九官鳥剛會說很多詞彙。

桂華第二胎揭曉，果不其然是女兒，阿騙依例翻遍字典，取了個「瑜」字，雖不若昭弟、再招，但也有那麼一點巾幗不讓鬚眉的意思。

診所忙，又要帶小瑜，桂華常常顧不到阿倢、滾滾，堂姊妹倆四處找樂子，翻天覆地。

有天阿縝下課回家，整排廣告顏料全都混色，無一全屍。

阿娥那邊也不遑多讓，連生了三胎女兒，桂華有點不安起來。

六

然而真正存活的只有沙漠本身

「胡乀！出來打籃球！」

是阿麗的聲音，以前住村裡的時候，人還在牛欄處，嗲聲已入阿縝耳裡。

剛開學，作業就一大堆，圖學、字學、精細速描、速寫、平塗，延續國中生活繼續熬夜。

「我作業好多，沒時間啦！」

「連假那麼多天，夠用啦！」

「沒辦法啦！我眞的畫不完！」

阿芳、淑芬、阿麗擠在阿騙家客廳，桌上放著一顆高麗菜，旁邊畫了一半的精細素描。

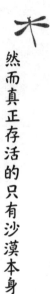

「我們幫妳畫！」

「不行喔！老師很挑剔，線畫出去會退回重畫，平塗她會拿起來平視，不一樣平也要重畫，沒那麼簡單啦！」

阿縝話還沒說完，阿麗幾個已經動手調顏料。

「是這樣嗎？」「哎呀！妳只要告訴我哪個顏色調哪個顏色，塗哪一塊？」

阿縝似乎是被火車頭拉著走，她們問什麼就回答什麼。

「好啦！這不是很好嗎？」

女孩們眞的把平塗畫好了。

「走吧！」

阿麗把籃球頂到食指尖上轉了幾圈，半哄半騙把阿縝拐出去打籃球了。

國中時，週六下午模擬考或自修課放學，幾個死黨會去籃球場玩一場鬥牛，然後到光復新村旁的復興飲食店吃榨菜肉絲麵，店家的老闆娘是班上阿吉的媽媽，這碗麵是這群女孩一生的懸念之一，配上無敵好吃的外省自製辣醬，無可取代。那時阿吉和阿麗搞曖昧，每次阿吉幫忙端麵出來，女孩們就敲碗出怪聲，搞得阿吉臉紅通通、落荒而逃。

阿麗沒有嫁給阿吉，阿吉搬家後，麵店頂讓，傳說中的榨菜肉絲麵也因阿吉媽過世失傳。

「阿吉！你煮給我們吃！」

「口感不一樣啦！我沒有學到我媽眞傳……」

幾年後的同學會對話，一片悵然……

阿麗幾個貼心鬼，當時是來找阿縝出去散心的，她們都知道阿雄的事，唸理科、商科的她們，硬是幫忙畫了一張平塗。

村上春樹說「然而眞正存活的只有沙漠本身」，和蘇東坡的「雪泥鴻爪」有異曲同工之妙。

後記

在那之後。

臭汗嬸節儉成性，工廠排放廢水在水溝裡，水清了，還是用河溝水洗菜、洗碗，子女屢勸不聽，後來罹患癌症，彌留時依然樂觀無怨。

阿明業績趕到經濟起飛那段榮景，賺了錢，買了離村子不遠的高級別墅，另立門戶。

阿味的舊家庭院築起成人膝蓋高的水泥牆，景觀很違和，聽阿蘭說，是堂兄弟、表兄弟鬩牆，鬧土地糾紛所致。

一九九九年，世紀末的大震動，地牛從山那邊奔來，竄過村落，縝媽摸黑逃出。

阿縝唸的國中災情慘重，教室碎成片片，操場折成兩段，被政府圍起來收門票參觀。

屬於阿縝最初的青春……

很多年後，阿騙和桂華跟著中醫師公會的會員去金門玩，順道找阿眞，撲了空。

一直未婚的阿春悄悄來訪，說此生最愛她的是阿騙，阿騙把鐵門拉下，拒絕再見……

問起桂華這件事，她說：「那有什麼?哈……」沒有人知道桂華眞正的想法，是經歷過婚姻磨合淬鍊後的淡然，亦或是對丈夫個性的通透理解。

「醫師在嗎?」客人來抓藥。

「在!等一下喔!」

「爸～爸～客人來了！」

阿騙的么兒叫喚著阿騙……

門前有著殭屍胭紅的玄鳳鸚鵡「十全」也附和出聲。當年一起買了兩隻，另一隻「八珍」飛出鳥籠，早已逍遙四方去了……（註：十全、八珍都是中藥藥方，十全共十味藥組成：人參、肉桂、川芎、地黃、茯苓、白朮、甘草、黃祱、川當歸、白芍。八珍共八味藥組成：人參、白朮、白茯苓、當歸、川芎、白芍藥、熟地、炙甘草。）

守在籠子裡的十全羨慕已飛出籠的八珍，還是飛出籠的八珍找不到回舊鳥籠的路。無妨，因爲眞正存在過的，始終不是鳥籠，而是那點點滴滴的曾經……

《中藥舖的女兒》完

致謝

感謝許多人幫助我完成這一部心心懸念的創作，包含出版社的總編輯育如，慧眼看出這本創作的潛力，讓這個故事有機會讓更多人看到，也感謝編輯劉瑄，與我攜手克服各種難關；還有校稿的同事，像繪畫時最後點上的high light，讓作品都亮了起來。

更感謝我的研究所指導教授李少偉先生，在好萊塢大片製片工作繁忙時仍撥空看了小說，給予適切的建議和推薦；還有瞿友寧導演，在《花甲大人轉男孩》烽火連天拍攝期，還能擠出時間看小說、爲文推薦；電影配樂大師林強大哥的相挺推薦，以及我一直很欣賞但素昧平生的郝譽翔作家、當代鄉土文學前輩吳敏顯的推薦，諸位前輩如此謙卑提攜後進的榜樣，將永存我心，永懷感激。

《中藥舖的女兒》於我而言，如同空氣般存在我的生命中，是我的第一本小說著作，寫完彷彿在腦海電影院中放映過一遍，完成生命中必須完成的一項重要事蹟。我的成長過程歷經最純粹唯美交雜著的刻骨憂傷，大環境的變遷總是讓人無力回天卻依然得懷抱希望繼續往前走。我非常喜歡侯孝賢導演的《童年往事》，去年看了一部韓國電視劇《請回答１９８８》，內心也感動萬分，那是描寫在韓國那年代雙門洞幾戶人家的故事，樸實卻非常動人，也締造韓國有史以來最高的收視率，亞太地區（含大陸、台灣）也創下網路超高點閱率，於是，我提筆寫了《中藥鋪的女兒》這本小說。

感謝素昧平生的曹又方女士，在我大學投稿文學獎競賽中擔任評審時，努力說服另兩位評審放下文學形式的牽絆，正視文字傳達的內涵，讓我拿到第二名優勝獎。當時的文學獎主辦方以逐字稿公開評審過程，逐字稿傳達的是曹女士希望我的作品是首獎，因而讓我產生莫大的勇氣，開啓了我的寫作之窗。

感謝我的家人，以及人生中豐富我生命內涵的所有一切。

湯素貞

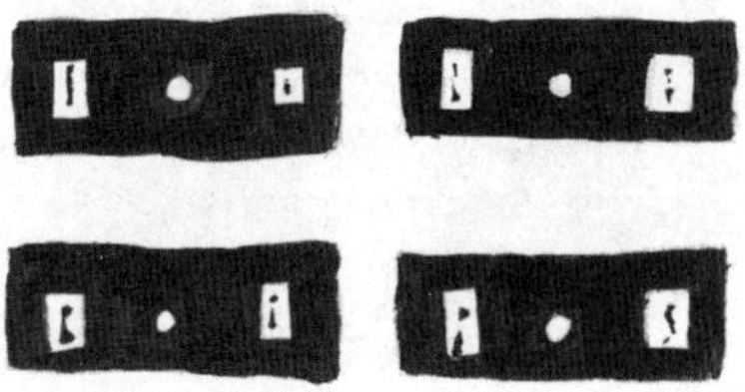

國家圖書館出版品預行編目資料

中藥舖的女兒／湯素貞 著.——初版.——台北市：蓋亞文化，2018.02
面；公分.
ISBN　978-986-319-320-3（平裝）

857.7　　106024537

島語文學 001

中藥舖的女兒

作者／湯素貞
插畫、封面設計／王春子
出版／蓋亞文化有限公司
地址◎ 台北市103承德路二段75巷35號1樓
電話◎（02）25585438　傳眞◎（02）25585439
部落格◎ gaeabooks.pixnet.net/blog
臉書◎ www.facebook.com/Gaeabooks
電子信箱◎ gaea@gaeabooks.com.tw
投稿信箱◎ editor@gaeabooks.com.tw
郵撥帳號◎ 19769541　戶名：蓋亞文化有限公司
法律顧問／宇達經貿法律事務所
總經銷／聯合發行股份有限公司
地址◎新北市新店區寶橋路235巷6弄6號2樓
電話◎（02）29178022　傳眞◎（02）29156275
港澳地區／一代匯集
地址◎九龍旺角塘尾道64號龍駒企業大廈10樓B&D室
電話◎（852）27838102　傳眞◎（852）23960050
初版二刷／2022年11月
定價／新台幣 320 元
Printed in Taiwan

ISBN／978-986-319-320-3

IL001
GAEA

中藥鋪的女兒

蓋亞文化　讀者迴響

感謝您在茫茫書海中選擇了蓋亞，您的支持是我們最大的動力。
不要缺席喔，讓我們一起乘著夢想的羽翼，穿越時空遨遊天地！

姓名： 性別：□男□女 出生日期： 年 月 日	
聯絡電話： 手機：	
學歷：□小學□國中□高中□大學□研究所 職業：	
E-mail： （請正確填寫）	
通訊地址：□□□	
本書購自： 縣市 書店	
何處得知本書消息：□逛書店□親友推薦□DM廣告□網路□雜誌報導	
是否購買過蓋亞其他書籍：□是，書名： □否，首次購買	
購買本書的動機是：□封面很吸引人□書名取得很讚□喜歡作者□價格便宜□其他	
是否參加過蓋亞所舉辦的活動： □有，參加過 場 □無，因爲	
喜歡出版社製作什麼樣的贈品： □書卡□文具用品□衣服□作者簽名□海報□無所謂□其他：	
您對本書的意見： ◎內容／□滿意□尚可□待改進 ◎編輯／□滿意□尚可□待改進 ◎封面設計／□滿意□尚可□待改進 ◎定價／□滿意□尚可□待改進	
推薦好友，讓他們一起分享出版訊息，享有購書優惠 1.姓名： e-mail： 2.姓名： e-mail：	
其他建議：	

◎請沿虛線剪開、對摺、裝訂後寄出

◎請沿虛線剪開、對摺、裝訂後寄出

廣告回信 郵資免付
台北郵局登記證
台北廣字第00675號

GAEA

TO：蓋亞文化有限公司　收

103 台北市承德路二段75巷35號1樓

Gaea

Gaea